Plume

Mélodie DEPOORTERE

Loi n°49-956 du 16 juillet 1949 sur les publications destinées
à la jeunesse, modifiée par la loi n°2011-525 du 17 mai 2011.

© Mélodie DEPOORTERE, 2022
Édition : BoD – Books on Demand, info@bod.fr
Impression : BoD – Books on Demand, In de Tarpen 42, Norderstedt (Allemagne)
Impression à la demande
ISBN : 978-2-3224-5731-1
Dépôt légal : septembre 2022

Je dédie ce livre à toute personne ayant un jour ressenti un grand désespoir au fond de lui. Que ce livre vous apporte la preuve que malgré tout ce l'on peut rencontrer, il n'y a rien de plus grand que la force que l'on porte en nous.

I

(Silence)

Silence. Le coin de cette pièce obscure, dont la seule lueur de lumière pouvant m'éclairer n'est autre que les reflets de la lune, est mon plus grand refuge. Pour la énième fois, je m'en vais dans mon monde intérieur, loin de la cruelle réalité. Et bientôt tous ces cris, ces pleurs, ces horreurs et même ces larmes s'éloignent de moi. Mes amis, qui ne s'animent que lorsque je suis là, m'attendent devant ce portail de souvenirs. Je le traverse sans m'attarder, presque heureuse d'être enfin revenue chez moi. Ici, je peux extérioriser ce qui doit être sorti, je suis ici pour briser les chaînes qui me retiennent d'exister, et qui m'entraînent loin, très loin de ma liberté. Je pourrais même dire que je ne suis là que pour délivrer mon âme, trop souvent enfermée pour me laisser puiser sa force.

Je suis donc là assise dans le noir, les paupières semi-closes et le corps engourdi, ne sachant que faire. Et quand l'esprit me revient, je me décide à le sortir de sa prison imposée pour je ne sais quelle raison tellement elle est ancienne. J'attrape mon second échappatoire et plonge entre les lignes noires qui ornent le papier. A la seconde où l'encre du stylo se pose sur le papier, je sens remonter mes mille et une souffrances, même celles que je n'ai pas appelées. Je sais que je peux tout déballer, alors je laisse l'encre s'imprégner des maux de mon âme. Les mots tourbillonnent sur le papier, ils dansent tellement vite que je me demande d'où ils viennent. Peut-être se sont-ils échappés en sortant des seuls endroits possibles, qui sont ne sont autres que mes oreilles, mes yeux ou bien encore ma bouche. Peut-être que tout cela se passe dans un monde invisible, là où les énergies circulent librement. Elles ne se questionnent pas et bougent, se déplacent là où elles veulent aller. Malheureusement, ma plume cogne contre la paroi de la prison de la mélancolie et bientôt toutes les atrocités bloquées en moi s'impriment dans la feuille. Les barreaux explosés, personne ne pourra plus les réparer. Mon poignet à présent immobile contemple son œuvre. J'attends que le temps passe. Les mots sont ancrés sur cette même feuille, rien ne pourra plus jamais se décoller. J'imagine très bien la douleur de celle-ci, qui auparavant si légère, doit maintenant contenir tout ce malheur et éviter de le propager. Alors ne trouvant d'autre solution pour arrêter son supplice, j'attrape mon briquet et laisse la flamme jaillir à son tour, éclairant le reste de la pièce jusqu'à lors toujours plongée dans l'obscurité. Cette flamme, comme une sauveuse, s'agrippe à la feuille et ne cesse de progresser. Je l'encourage en pensée, émerveillée *devant l'envol de mes soucis tandis que l'encre se transforme en cendre. Mes maux sont au sol, décomposés, impuissants. Et je profite de ces derniers instants de chaleur, où les flammes sont si belles que j'ai presque envie de les rejoindre.*

Chapitre 1

Mélanie a quinze ans. A cette âge, les enfants aiment sortir avec leurs amis, se reposer toute la journée, ne rien faire et surtout ne pas penser à l'avenir. La jeune fille ne fait pas partie de ces enfants : elle n'aime point sortir, elle a toujours besoin d'être occupée, elle déborde d'objectifs et l'avenir est son principal point de réflexion. Ce premier point montre déjà la différence qui fait souffrir Mélanie.

C'est une jeune fille très solitaire, le fait d'avoir des amis autour d'elle l'étouffe parfois. Elle préfère s'isoler et ne penser qu'à ce qui lui traverse l'esprit. Elle a quelques amies, mais celles-ci ne sont pas très proches avec elle, elles sont juste là pour lui tenir compagnie entre les heures de cours. Au-delà de ce temps, elles ne gardent pas grand contact entre elles. Mélanie ne cherche pas à avoir beaucoup d'amis : pourquoi faudrait-il absolument avoir un grand entourage autour de soi ? De toute façon, elle se sent différente vis à vis de ses intérêts et de ses réflexions, et elle garde toujours à l'esprit que ses amies ne la comprendraient pas. Alors elle traîne seule pendant les week-ends et les vacances dans sa chambre, écrivant ses peurs ou racontant ses derniers chagrins le long des lignes de son carnet. Quelques fois, elle sort de sa tanière pour parler avec sa famille. Sa mère est d'ailleurs très fière de sa fille, elle la trouve pleine de capacités et de maturité, ce qu'elle trouve plutôt rare quand on a quinze ans. D'autant plus qu'elle a de bonnes notes à l'école, ce qui la rassure sur l'avenir de son enfant.

Mélanie est curieuse et c'est sa curiosité qui guidera sa vie. Plus tard elle sera journaliste, telle elle l'a décidé depuis plusieurs années. Elle ne se laisse d'ailleurs aucune autre possibilité, car le fait de remettre en cause son futur l'angoisse. Elle compte suivre cette voie sans s'interroger, la peur de l'avenir finirait par tout gâcher. Quelque fois elle se surprend à penser que ce métier ne lui conviendrait pas forcément, et aussitôt elle commence à angoisser à l'idée de ne savoir quoi faire de sa vie. Sa mère serait déçue, et l'idée de lire de la déception sur le visage de sa mère motive la jeune fille à travailler sans autre but que de suivre ce chemin. Quand ses angoisses persistent, elle attrape sa plume que l'on appelle plus communément stylo pour y décrire ses émotions et calmer ses doutes. C'est une activité régulière à présent, car à l'école, surtout en fin de cycle, tous les professeurs ne cessent d'aborder l'orientation et l'avenir de leurs élèves.

Mélanie aime beaucoup sa famille. Les liens qu'elle a créés avec eux, leur complicité, cela lui plaît. D'ailleurs elle se voit mal vivre sans eux, même si tôt ou tard ces rêves la rattraperont. Et Mélanie le sait, sans pour autant changer la moindre pensée. Elle se dit que si elle pense comme ça aujourd'hui, tout sera différent demain. Et c'est sur ce deuxième point que je la trouve bien naïve.

C'est une enfant plutôt discrète qui n'aime pas raconter sa vie à n'importe qui. Dans les films et les séries, c'est toujours ceux qui parlent trop qui finissent par souffrir trop. Les secrets se retournent contre eux, leurs forces deviennent des poids. La jeune préfère donc se méfier et ne s'ouvrir à personne d'autre qu'à elle-même et parfois à sa famille proche. Mais malheureusement comme elle ne fait confiance à personne, personne ne sait ce qu'elle vit. Sa méfiance de tout et de rien lorsqu'elle est en présence d'inconnu l'empêche de se construire normalement, l'empêche de participer à des expériences créés par la vie. Sa mère ne comprend pas toujours ce que ressent la jeune fille. Il faut dire qu'elle a beaucoup de sauts d'humeur. Impulsive ou patiente, calme ou enragée, Mélanie passe sans cesse d'une émotion à une autre. Sa mère pense que c'est l'adolescence, que tous les enfants passent par là et elle ne s'en soucie pas trop. Mais de son côté Mélanie est inquiète car elle ne connaît personne hormis elle-même ayant ce type de comportement. Elle se met à rechercher une explication à son comportement qui lui paraît insensé sur des sites Internet qui la replongent dans l'anxiété. Ce n'est pas très futé ! Cela devient un cercle vicieux dont la jeune fille ne sait plus comment éviter.

La jeune fille vit dans le regret : elle a un rêve que chaque jour elle s'empêche de réaliser. Elle ne se donne même plus la peine d'y croire, sachant que ses chances de réussir sont inférieures à celles d'échouer. Elle se rassure en se disant que ce n'est qu'un hobby, qu'une passion temporaire qui la poursuit déjà depuis déjà dix années, et que la petite fille en elle qui rêvait de vivre de sa passion ne savait pas comment était la vie. Elle croyait atteindre son rêve sans difficultés, jusqu'à ce qu'elle comprenne quel est le monde dans lequel elle vit. Mélanie a grandi rapidement, et plus vite que les autres. Elle se sent plus raisonnée, plus consciente de la vie qu'eux. Pour autant, elle ne se sent pas supérieure aux autres non, loin d'elle cette mauvaise pensée. Elle sait que les gens qui l'entourent finiront par grandir intérieurement à leur tour, du moins, elle l'espère. Mais pour l'instant le décalage de maturité et de mentalité creuse un écart entre elle et les autres un peu plus chaque jour, et l'idée de continuer ainsi la tracasse, tant elle doute d'avoir la force d'évoluer à côté des autres. Elle se sent dans l'ombre alors qu'elle possède la flamme qui apporte la lumière. Elle se sent exclue, elle se sent rejetée, elle se sent abandonnée par des personnes qui ne l'ont peut-être jamais regardées. Elle souffre. Dans la situation qu'elle subit, Mélanie n'a qu'une seule pensée : au moins, elle est vivante, elle ressent autre chose qu'un vide immense dont elle allait bientôt en faire les faits. Mais mérite-t-elle autant de tracas ? Car elle, depuis sa tendre enfance, elle sait que ce n'est pas ça, la vie.

Chapitre 2

Pendant son année de troisième, tout s'est compliqué. Elle devint de plus en plus fatiguée, elle ne dormait plus, elle commençait à se mettre une horrible pression qui la rendait anxieuse, ne sachant plus ce qui était bon ou mal pour elle. Elle continuait à s'isoler, à s'exclure elle-même des moments qu'elle pouvait partager avec les autres. Elle comprit rapidement que quelque chose avait changé, quelque chose en elle se passait, mais elle n'arrivait pas pour autant à définir ce que c'était. Elle qui se sentait déjà différente, cela compliquait énormément sa compréhension d'elle-même. Elle avait souvent peur, elle vivait avec un sentiment d'insécurité permanent comme si tous les êtres vivants autour d'elle ne lui voulaient que du mal. Elle était victime de cauchemars où des scènes horribles d'hommes et de femmes la torturaient, ou tout simplement que sa personne a fait décidé d'en finir afin s'échapper à plus de souffrance. Que sa personne choisissait de vivre une autre vie pour se comprendre.. Elle faisait des nuits blanches les dimanches soirs en pensant à la journée du lendemain. Elle avait une boule au ventre en allant au collège, avait quelques fois du mal à respirer. Malgré ça, il me semble que jamais elle ne s'était réellement demandée si la meilleure façon d'arrêter ce calvaire ne serait pas d'en finir. Elle ne pouvait pas se permettre de tout abandonner, car pour elle si le bonheur est éphémère, le malheur lui aussi, est temporaire. Par instant de folie, elle pouvait se laisser conduire par le diable juste au pied du piège qui la condamnerait à passer des années d'acharnement à se sauver. Mais, à chaque fois qu'elle prenait une lame dans ses mains, l'image de sa famille triste de l'avoir perdue tournait dans sa tête. Alors elle reposait ce couteau et elle allait s'enfermer dans sa chambre. Elle essayait d'oublier ce moment. Cela n'arrivait pas souvent, peut-être une à deux fois. Mais je n'ai pas eu le loisir de tout le temps la surveillait alors il y a peut-être eu d'autres moments d'égarement, qui sait ? Après ces quelques secondes, une fois bien enfermée et après quelques instants pour reprendre ses esprits, elle souhaitait songer à ce qui venait de se passer. A chaque fois elle se posait les mêmes questions : qu'est-ce qui se passait ? Comment son état avait-il pu se dégrader ainsi sans qu'elle ne puisse l'arrêter ?

Parfois, alors qu'elle se sentait assez bien ou qu'elle était occupée, elle voyait des images d'elle résumant tout ce qu'il s'était passé dans sa vie depuis l'époque de sa jeunesse, le temps où elle était la fille la plus heureuse du monde. Puis elle se revoyait en train d'effectuer des crises d'angoisse. Elle s'effondrait en larmes en ne pouvant plus s'arrêter. elle tremblait, elle hurlait. Rien ne pouvait la stopper. Elle bougeait dans tous les sens, elle avait peur. Oui, peur. Surtout que ces scènes, elles ne pouvaient les contrôler. Elles apparaissaient et disparaissaient quand elles le voulaient. C'était sûrement son subconscient qui s'était décidé à la réveiller, à lui envoyer des signes de détresse pour lui montrer qu'elle n'allait pas aussi bien qu'elle le croyait, que son esprit divaguait trop vers des chemins qui la conduirait pas la perte d'elle-même. A plusieurs moments, des crises d'angoisse sont survenues au collège. Elle demandait à sortir dans le couloir, afin d'essayer de calmer le jeu avant que tout ne devienne incontrôlable.

Elle ne voulait plus se regarder dans le miroir, détestant son regard. Que pouvez-vous trouver de beau à ce visage rempli de tristesse, de mélancolie, de nostalgie ? Ce visage tracé par des cernes qui ne faisaient que s'accentuer un peu plus chaque jour ?

Elle finit par parler de son état six mois après. Elle voulait que sa vie change, qu'elle ne se rapporte plus au chaos qui régnait dans son cœur. Alors elle mit sa mère au courant. Celle-ci a mis du temps à réaliser que sa fille n'allait pas bien mais une fois le message passé, elle s'est occupée d'elle comme personne n'aurait pu mieux le faire. Grâce à elle, elle n'était plus seule à traverser cette mauvaise période, elles étaient deux. Ce soutien lui fit énormément de bien mais hélas, ce n'était pas suffisant. Elle ne voulait surtout pas en parler, à quelqu'un d'autre, au non certainement pas. Elle avait beaucoup de préjugés sur les psychologues ainsi qu'autour des autres métiers qui s'apparentaient à ce dernier. De toute façon, personne ne la comprendrait.

C'est durant cette lourde période de sa vie qu'elle prit conscience d'une de ses particularités : elle n'était pas seule dans sa tête. Ce n'était pas un trouble dû à une maladie mentale, non, plutôt l'imagination d'un univers qui la protégerait dans tous ces instants de tristesse, de douleur et de souffrance. Alors, elle n'était pas dans le même monde que les êtres qui l'entourent. Je sais pas trop si je suis claire. C'est comme si elle avait une vie parallèle : ses pensées étaient occupées dans un monde inventé et son corps physique dans un monde que l'on appelle tous "la réalité". Avec le temps, cela ne s'est pas arrangé. Elle les voyait à plusieurs moments de sa vie, ils franchissaient les barrières de l'imagination. Puis, très rapidement, elle a commencé à vouloir communiquer avec ces personnes qui parlaient dans sa tête, ne voulant plus qu'avoir dans son entourage des gens comme eux. Elle ne souhaitait connaître que des gens comme eux. Elle ne souhaitait fréquenter qu'eux.

Mais eux n'existent pas. Ils n'existaient pas et n'existeront jamais. Au début elle prenait cela pour un jeu, elle se disait que c'était drôle d'imaginer comment serait sa vie autrement, qui serait la personne parfaite pour elle.

Mais au bout de plusieurs mois, les retombées se sont manifestées. Elle n'arrivait pas à passer une journée sans eux, et quand elle était forcée à les mettre en second plan, elle ressentait un vide, un trou au milieu d'elle. Elle n'arrivait plus à se concentrer sans les voir assis à côté de sa personne, étant dans l'incapacité de donner autant d'intérêt à de vraies personnes de la réalité.. Elle développa un manque d'attention de la part des autres, car personne ne pouvait la rassurer plus que "eux". Elle finit par se forcer à les oublier, mais ne savait comment compenser ce manque d'affection qui s'était également immiscé. C'était un cercle vicieux qui ne pouvait plus s'arrêter, comme ci elle s'était elle-même piégée en voulant seulement se sauver.

Chapitre 3

Pour oublier tout ce mal-être elle se créa un échappatoire, un endroit où ses problèmes ne pourraient plus l'atteindre. Je pense que ce fut la seule chose positive dans cette situation, car cela lui permit de découvrir ses passions. Elle comprit ce qui lui donnait envie de sourire dès qu'elle le pratiquait. Elle comprit qu'au travers de certaines activités elle pouvait savoir qui elle est vraiment. Pour commencer, elle comprit qu'il lui fallait plus d'une passion : une pour se dépenser, une autre pour s'exprimer. Peut-être même une dernière qui comblerait les deux facteurs.

Depuis enfant, elle dansait, comme énormément de filles dansent car elles le font toutes les petites filles. Je trouve que la danse est un sport trop sexualisé. Trop de "tu es une petite fille, tu feras de la danse". Trop de "tu danses comme une fille". Alors comme ça toutes les filles dansent de la même manière ? Une fille à une façon particulière de danser, pour que l'on dise que notre danse est similaire à celle que pourrait danser une fille ? Tous ces préjugés ne seraient pas un peu dépassés ? Un peu de réflexion voyons, fille ou garçon, femme ou homme, nous pouvons tous danser enfin..

Je disais donc, petite, Mélanie aimait danser. Elle dansait bien, on le lui disait d'ailleurs souvent, et à chaque compliment, elle se sentait pousser des ailes. Avait-elle un talent ? Brillait-elle lorsqu'elle dansait, comme toutes ces danseuses que Mélanie avait vu à la télé les samedis soirs ? Elle voulait devenir danseuse professionnelle. A cette époque comme à l'instant actuel, Mélanie a toujours cette petite lueur d'espoir qui l'amènerait sur le parquet pour montrer à tout le monde quelle est sa façon de briller. Mais avant d'être illuminé par les feux des projecteurs, Mélanie devait travaillait sa souplesse, sa technique ainsi que tous les autres critères que respecte un bon danseur. Motivation, détermination, discipline. Régularité. Efforts. Elle commença à danser chez elle pour s'améliorer comme pour le plaisir d'élancer son corps dans des mouvements libérateurs de pensées. A la fin de chaque danse, elle pouvait sentir son cœur battre comme il n'avait jamais aussi bien battu. Pendant ces courts instants, elle se sentait vivre. Elle se vidait la tête, oubliant son triste quotidien l'enfermant dans une phase sombre de son existence. Mais Mélanie gardait espoir, un jour elle serait sauvée.

Elle cultiva un deuxième art, l'écriture. Lancer les mots sur le papier lui procurait tellement de plaisir qu'elle aurait voulu ne jamais avoir ignoré ce pouvoir. Ses carnets se remplissaient facilement, en moins d'un mois ils étaient complets. A l'intérieur, tous les mots les plus blessants de la terre s'y trouvaient. Comparable à la lame d'un couteau, ils étaient tranchants. Mélanie les connaissait bien, les gens adoraient lui envoyer ses ordures sur le visage pour n'importe quelle erreur, quand erreur il y avait. Mais même s'il n'y avait pas eu erreur, les gens ne se gênaient pas. Ceci renforça la méfiance de la jeune fille sur les humains qui, malgré toute la bienveillance dont l'enfant faisait preuve, la traitaient d'une manière si injuste qu'elle ne comprit jamais pourquoi ça lui tombait dessus.

L'écriture devint un outil thérapeutique, elle prenait la forme d'un psychologue quand elle en avait besoin, ou d'un autre parent quand elle préférait la douceur et la tendresse que celle une mère peut apporter. Ses carnets pouvaient être aussi des confidents, ils remplaçaient alors le brouhaha dans sa tête, et calmaient le chaos pendant quelques instants. Au fur et à mesure des mois, ce moyen s'est cassé. Alors pour ne pas tout perdre, elle écrit un roman dans lequel elle se cachait derrière un personnage pour raconter ses maux. Les effets furent les mêmes et la satisfaction de produire un élément sérieux la comblait.

A côté de ses méthodes, Mélanie faisait beaucoup de sport. Depuis le début de sa jeunesse, elle avait pratiqué la gymnastique en plus de la danse. Elle avait aussi pratiqué le badminton et le tir à l'arc mais rien le cœur ne suivait ni le volant, ni la flèche. Par contre, l'envie de retourner au gymnase après chaque fin de cours de gymnastique la poussa à continuer ce sport pendant une dizaine d'années. Dans ce sport, il y avait tout : l'aspect artistique qui libérait sa créativité, l'aspect technique qui lui apportait plus de contrôle sur elle-même.. mais aussi des combats contre le stress du passage, la peur d'échouer, les blessures et douleurs accusées.. Tout ça couronné par l'envie de se surpasser, les victoires, les réussites des enchaînements réussis, le sourire aux lèvres de faire ce que l'on aime, la joie, la bonne humeur, le plaisir, le désir de continuer.. Tant d'émotions pour un seul sport ! Tant de compétitions gagnées grave à de nombreux efforts. Tant d'années pour au final arrêter, abandonner ses accomplissements. Non, plutôt : lâcher ce plaisir usé pour se diriger vers d'autres chemins pas encore traversés. Se laisser grandir et porter vers la découverte d'autres sports. Profiter de nouvelles émotions, de ressentir de nouveau le plaisir de commencer une autre façon de se défouler. Se diriger vers d'autres options sans pour autant négliger son but principal : se sentir mieux dans son corps. Elle avait commencé les entraînements musculaires à la maison. Pas besoin d'un lieu spécifique pour faire ce que l'on aime ! Elle était contente de poursuivre cet aspect là. La douleur provoquée par l'effort physique lui donnait donner du courage pour la suite. Elle ne cessait de se répéter : "oui Mélanie, continue, tu as déjà fait tout ça alors, pourquoi t'arrêter devant ce si petit obstacle ?" Elle aimait se défouler, elle aimait sentir l'air sur sa peau quand ses jambes s'activaient. Elle était passionnée par le sport et elle ne comptait pas le lâcher. Cela devenait un peu destructeur car, les résultats de ses efforts apparaissant, elle commençait à retenir son nouveau physique plus tôt que l'effet produit sur sa santé mentale. Pour autant, elle n'a jamais pensé à le lâcher. Encore aujourd'hui, le sport fait partie de sa vie. Et vous, qu'auriez-vous fait ? Si une passion commençait à vous gâcher, auriez-vous su vous arrêter ? Ou bien serez-vous aller jusqu'au bout de vos limites ?

II

(Perte)

Yeux clos, main sur la poitrine, je reprends mes esprits. C'est peut-être devenu une habitude, mais aujourd'hui les battements de mon cœur ne sont pas les mêmes. Le souffle saccadé et les lèvres encore tremblantes, j'avance dans les rues désertes qui s'ouvrent à moi, sans même me rendre compte d'où je vais. Cette fois-ci fut la fois de trop. Le fait de me rappeler de qui j'étais, mais de ne savoir qui je suis ni même ce que je deviendrai, est la signification même que quelque chose ne va pas. Est-il normal de vivre dans un corps dont l'on ne s'habitue pas ? Est-il normal de passer ses journées dans un esprit que l'on ne comprend pas ? Est-il normal de respirer sans savoir si notre souffle suivant sera le dernier ? Existe-t-il même quelqu'un pour répondre à ces questions sans réponse ?!

L'esprit ralenti pour la lourde fatigue que je porte en moi, je me permets de m'arrêter et de fermer les yeux. Je prête alors attention à la chaleur qui vit à l'intérieur de mon corps. Je ne parviens pas de suite à l'identifier. Ce n'est pas la chaleur liée à du bonheur, à de la joie ou à n'importe quel autre sentiment de ce type. J'associerais plutôt cela de la colère, la rage, au fait que tous mes questionnements si nombreux demeurent toujours sans réponse. Si je représentais en moi par du feu, je pourrais presque dire qu'à force de me voiler la face, de regarder uniquement les nuages dans l'orage, à force de ne pas voir le danger des flammes, je me suis brûlée. Mais cette brûlure est temporaire et suite à cet incident, une nouvelle peau apparaît. Alors je souhaite que comme cette nouvelle peau, une nouvelle vie apparaisse. Je ne veux plus me comporter comme une personne insouciante et naïve, croire qu'avec du brouillard dans le cœur et le soleil sur le corps, un magnifique arc-en-ciel se manifestera sous mes yeux. Ce n'est pas avec une lueur d'espoir et une tempête dans l'esprit que tout se reconstruira. Mais d'ailleurs qui ou qu'est-ce qui m'a détruite ? Si je le savais même, qu'est-ce que je ferais ? Je le haïrais ? Non ! On m'a souvent répété que la haine n'attire que la haine. Mais alors qu'est-ce qui me serait permis de faire . Souffrir ?! Devrais-je en connaître la raison ? Et si la seule personne que je risquerais de perdre dans cette bataille, ne serait autre que Moi ?

En tous cas, j'espère que la maison n'est plus très loin, car tout cela commence à me rendre dingue.

Chapitre 4

S'échapper, éviter, vouloir oublier, c'est une chose.
Cela ne dure qu'un temps. Mais dans le long terme, il
faut faire attention. Se cacher la vérité, c'est
dangereux. Se mentir à soi-même, c'est douloureux.
Car lorsque l'on remarque enfin l'ampleur des dégâts,
il est déjà trop tard, le mal que l'on s'est fait subir en
se niant son mal-être s'ajoute à la souffrance que l'on
porte déjà en nous. Cela n'amène qu'à un pitoyable
état, qui aurait sûrement pu être éviter si l'on avait
accepté ses émotions. Personne ne mérite de vivre ça.
Même la personne la plus méprisable que vous
connaissez, ne mérite pas de vivre ça. De même pour
le plus mauvais des criminels. Car il ne faut jamais
oublier que derrière chaque méchanceté, se cache un
être souffrant.

Mais le cas qui nous intéresse le plus est celui de
Mélanie. En plus de vivre dans sa souffrance, de
l'alimenter chaque et de la cacher derrière un visage
mélancolique, elle cultivait ses arts en silence. Mais
certains jours, en vue de son emploi son emploi du
temps, elle ne pouvait prendre ce temps pour elle. Elle
devait travailler et aller à l'école, et les jours où le
travail débordé, elle ne faisait rien d'autre

qu'apprendre et réviser, encore en encore. Elle n'avait plus ce réconfort qui lui permettait d'oublier son misérable quotidien en l'espace de quelques minutes. Elle ne pouvait pas ignorer ce qu'elle ressentait non plus. Alors, il n'y avait d'autre solution que de s'efforcer à paraître bien. Elle pouvait tenir quelques heures comme ça puis, vers les derniers cours de la journée, elle perdait sa concentration. Ayant beaucoup de facilités scolairement parlant, elle pouvait ne pas écouter les professeurs en classe. De toute façon, elle y arriverait quand même, les résultats seraient toujours excellents car elle travaillait chez elle. Alors, elle s'échappait dans son monde intérieur quelques secondes puis revenait pour écrire les leçons, pour faire les exercices. Quand le cours devenait trop important, elle peinait à se concentrer. Et parfois même, dès qu'elle en avait le temps, elle réfléchissait à la cause de ses malheurs, au début de son cauchemar. Certains jours, elle encaissait quatre heures de réflexion, suivant son emploi de temps. Elle se souvenait de son enfance, revoyait la petite fille joyeuse qu'elle était. Mélanie est très nostalgique. Quad elle était petite, elle avait des rêves d'enfant, aujourd'hui, elle refuse même d'y penser. Elle voudrait même parfois emprunter une machine à remonter le temps, pour se replonger dans cette belle époque où tout était merveilleux autour d'elle. Les après-midis au parc avec sa mère, les sorties plage avec sa grand mère, la naissance de son frère.. Tant de moments de joie que Mélanie ne sait plus ressentir. Mais comme la vie ne retire jamais l'entièreté des émotions, la jeune fille pleure en repensant à son ancienne vie.

Comment aller de l'avant ? Elle n'a pas de passé malheureux en particulier, juste quelques peurs ayant pris le dessus sur son courage et sa motivation. De plus, elle se sentait différemment selon les périodes : plutôt bien, désespérément mal.. Entre deux rechutes, il lui arrivait de comprendre certains éléments expliquant vaguement ces comportements. Mais jamais rien de concret.

Plus le temps s'est défilé. A force de pleurer seule dans sa chambre, ses réflexions se sont approfondies. Intelligente comme elle est, Mélanie se permit d'observer ses réactions d'un point de vue extérieur, ce qui est facile quand l'on ne se connaît pas vraiment. Elle se permit d'analyser son comportement comme ci elle était une propre inconnue. Pour se motiver, elle prit cela pour un jeu. Un jeu qui se joue tout seul, comme d'habitude. On ne lui a pas souvent dit, mais

Mélanie est une fille courageuse. Une fille qui mérite tant. Elle devrait se faire confiance, car peu importe ses décisions elle suit toujours le bon chemin. Dans la vie, il ne faut pas douter de soi. Si tu as envie de faire quelques choses, fais-le. Personne n'a le pouvoir de l'arrêter. Tente. Ose. Ne t'impose pas de limites qui l'empêcheront plus tard d'atteindre les objectifs normalement atteignables. Ne te condamne pas. Bats-toi pour ta liberté.

Mélanie ne s'était pas rendu compte de cette force. Elle n'avait jamais entendu de discours similaire à celui-là. Cette mentalité de toujours se dépasser non plus. Avec du recul, elle aurait dû comprendre qu'une fille de son âge ne pourrait pas forcément supporter cela toute seule. Il faut être sacrément forte, pour ne demander l'aide de personne et tenter de se relever coup après coup sans abandonner. Car il y avait une autre solution. Elle pourrait pu choisir d'oublier ses principes et ses valeurs pour rejoindre les mauvaises personnes. Les gens blessés, qui blessent pour que tous les autres blessent à leur tour. La sobriété de l'humanité n'en dément pas. A chaque coin de rue, pouvez-vous trouver une personne vivant avec l'obscurité de son être ? Vivre avec sa partie sombre, oublier son côté rayonnant et lumineux, se perdre et ne plus jamais se retrouver ?

Mais ce n'est pas comme ça que cela s'est passé. Mélanie n'est pas une fille facile à manipuler. Même dans les pires états, elle reste raisonnée, comme-ci elle ne pouvait réagir autrement. Comme-ci ces réactions matures étaient normales. Mais combien d'enfants existent-ils de la sorte ? S'ils ont grandi trop vite, il y a bien une raison, mais comment la connaître ? Comment la faire savoir ? Tout le monde naît dans les mêmes conditions, et on dit que chacun avance à son rythme mais alors, quels sont les facteurs de ce rythme ? Si quelqu'un connaît les réponses à ses questions, je peux être sûre que Mélanie ne l'écouterait même pas car, têtue comme elle est, si elle commence à réfléchir sur un sujet, elle ne regarde pas les réponses avant de les avoir trouvées d'elle-même.

Chapitre 5

Elle courait le long du chemin vide de gens. Toute
seule, sans personne, comme ça l'avait toujours été.
Elle ne savait comment elle était arrivée là, ni
comment pouvait-elle faire pour y sortir. Toutes les
réponses étaient cachées au fond d'elle, sans qu'elle
puisse y accéder. Sûrement fallait suivre le chemin
sans trop se poser de questions. De toute façon,
Mélanie était essoufflée, elle n'avait pas trop le choix.
Elle s'arrêta de courir et poursuivi sa route en
marchant. Elle n'était pas rassurée. Marcher seule
dans une forêt en pleine nuit, il n'y avait rien de plus
inquiétant. Le bruit des hiboux, des chouettes, le
brouhaha des feuilles, la rendant nostalgique au chant
des oiseaux habituels. Elle était perdue. Elle avait
beau continué sa route, elle était sans fin. Il y avait un
autre chemin, plus étroit sur le côté, où elle cru y
apercevoir une silhouette s'en allant, au loin. Secouée
par une vague d'espoir, elle ne prit point le temps de
réflexion nécessaire et se mit à la poursuite d'un
inconnu. Mais lorsqu'elle s'approcha de lui, il se
retourna et la regarda dans les yeux. Il ne lui inspirait
pas confiance. Elle percevait déjà les méfaits qu'il
avait commis simplement en le regardant dans ses
yeux, car ceux-ci ne peuvent mentir. Elle se décida

donc à rebrousser chemin et joignant le geste à la parole, elle prit ses jambes à son cou pour retourner au pont de départ, sur la route sans fin. Ce qu'elle ne savait pas, ce que ce jeune homme n'était autre qu'un habitué des lieux, un homme comme les autres qui avaient des défauts, mais aussi des qualités. Il avait un passé, mais également un futur. Il aurait été le seul à pouvoir la conduire jusque la sortie sereinement, peut-être l'aurait-il même protégé.

Elle cligna des yeux et soudain l'espace changea. Des barreaux de fer imposaient les limites de son territoire de vie. Ils lui condamnaient sa liberté. Elle n'avait rien fait. Mélanie se voyait encore dans la forêt. Elle avait eu peur. Elle avait repoussé le jeune homme. Elle avait du se tromper dans sa décision, peut-être aurait-elle dû le suivre. C'était un mauvais choix. C'était un cercle sans fin.
Retour à la case départ, nouvelle énigme. A chaque mauvais choix, un nouveau problème, de plus en plus compliqué. Mélanie pesta, elle s'en voulait de s'être trompée. Mais l'heure était bien plus grave qu'elle le pensait : dès l'entente de son rechignement, les barreaux de la maudite prison se resserraient. Mélanie continua à pester, n'ayant point compris qu'elle était en train de se condamner. Plus elle se rabaissait moins

elle avait de chance de s'en sortir. Prise de panique, elle mis sa logique de côté pour tenter de pousser les barreaux avec ses faibles bras. Rien ne fonctionna. Pas le moindre effort physique n'y changerait rien. Elle pensa de nouveau, et les barreaux eux aussi se défilèrent. Il aurait seulement fallu penser le bien pour inverser le processus. Mais il est trop tard, son sort a déjà été décidé.

Mélanie se réveilla en sursaut. Elle n'était plus dans cette forêt, mais dans sa chambre, entourée de son décor habituel. Tout cela n'était qu'un cauchemar. Elle aurait dû s'en douter : que ferait-elle dans une forêt toute seule dans la nuit ? Elle n'avait pas la permission de sortir la nuit, surtout à une heure aussi tardive. Et puis, quelle idée de courir seule le long d'un chemin sans se souvenir comment et quand sommes-nous arrivée dans l'endroit où nous nous trouvons ? De toute façon, elle n'aurait jamais eu cette idée en tête. Et puis, tout aussi étrange qu'évident, en quelle circonstance se serait-elle retrouvée enfermée dans une cage toujours dans un endroit inconnu ? Cela n'avait pas de sens. Elle se leva en faisant attention à faire le moins de bruit possible, pour éviter de réveiller les autres habitants de la maison. Elle traversa la pièce sombre sur la pointe des pieds.

Bientôt, elle se retrouva en faveur de son miroir. Elle se permit de se regarder, son visage était avide. Sans jugement, elle ne cessa de se contempler. Des cernes commençaient à apparaître sous ses yeux à cause des insomnies récurrentes qui la frappaient chaque nuit. Des yeux vides, passaient par mille émotions à tous les instants de sa vie. Un corps engourdi, fatigué. Un esprit qui ne semblait pas être beaucoup présent. Une vague de désespoir l'entourait, évidemment. En se voyant au travers du miroir, elle remarqua le changement. Elle avait grandi. Elle avait compris des choses. Elle pouvait se faire confiance. Ou plutôt, elle devait se faire confiance ou la vie la rattraperait.

Le ciel qui n'avait pour seul éclat la Lune, entouré le monde de la nuit la plus noire que Mélanie n'avait jamais connue. De sa fenêtre, elle pouvait déjà ressentir le froid qu'elle connaîtrait dans peu de temps. Elle attrapa rapidement une veste et elle se glissa sur le toit, empruntant la fenêtre de sa chambre. L'été arrivait, à en juger par la chaleur de la nuit. Le vent, qui il y maintenant cinq minutes lui faisait peur, la console de son imaginaire aventure. Elle souffla un bon coup : Qui pouvait la déranger ici ? Ses démons intérieurs, comme d'habitude. Ils la poursuivaient partout, ne la lâcher plus. Cherchant un peu de réconfort, elle se remémora les bons moments passaient en compagnie des gens qu'elle aime. Les souvenirs attendrissants avec sa mère, les après-midis passés en compagnie de sa famille, les sorties avec celle-ci.. Elle avait toutes les raisons d'être heureuse. Seulement, les autres n'en avaient pas décidé ainsi, et elle avait fini par se perdre. Quel beau gâchis quand on sait toutes les autres voies qu'elle aurait pu emprunter..

On dit parfois que les rêves ont une symbolique, notre protagoniste cherche encore celle cachées derrière ces rêves étranges. Quel message est-elle destinée à recevoir ? Quelles surprises encore la vie lui réserve-t-elle ?
Après ces réflexions elle descendit et s'assoupit, une vague de nostalgie dans le crâne.

Chapitre 6

Dans la vie, il y a des hauts et des bas. Des jours heureux comme des mauvaises phases. C'est ainsi qu'est constituée la vie, jouant sur les touches noires et blanches de leur piano pour créer la plus belle des mélodies. Nous voilà quelques mois plus tard, Mélanie a grandi en taille c'est sûr, cela se remarque. Mais je plus important est ce qu'il s'est passé dans sa tête. Sans n'avoir rien fait, elle se sent un peu mieux, même si parfois elle ne peut que constater durant certaines situations que le problème n'est toujours pas réglé. Après, il faut dire qu'elle n'a pas fait grand-chose pour œuvrer contre lui : en effet c'est uniquement en fermant les yeux qu'elle a cru pouvoir oublier le passé. Mais tout ceci n'est que temporaire. Elle ne pourra pas fermer les yeux très longtemps. Dans les livres qu'elle a lus il est indiqué de lâcher-prise, mais que cela signifie-t-il réellement ? Métaphoriquement nous pourrions dire que ses paupières sont toujours closes refusant de voir les signaux terrifiants que lui lance son esprit à propos d'elle-même. Elle vit dans le déni. C'est une passe plutôt étrange, on se sent bien et en même temps on se sent mal. Le bonheur est artificiel, le malheur est vrai. Tout ce qui lui reste à faire n'est autre que de

rouvrir les yeux pour vivre au lieu de simplement
exister, ses soucis se trouveront toujours devant elle et
elle ne pourra plus les éviter.

Mélanie est souffrante d'insomnies en ce moment.
Elle a du mal à dormir, sûrement car elle se pose plein
de questions ce qu'elle traverse quotidiennement. Ses
réflexions ne l'amènent pas très loin, ne pouvant
dépasser les limites imposées pour ne pas se rappeler
sa qualité de vie. Mais elle veut s'en sortir. Elle veut
réussir dans la vie, mettre en œuvre le meilleur d'elle-
même, exploiter son potentiel au maximum et briller,
briller comme une étoile dans le ciel. Être une étoile
comme le soleil ou simplement une étoile comme l'on
en voit des centaines tous les soirs au travers la vitre
de sa fenêtre.

Alors elle a entrepris une routine pour elle où elle se
retrouve seule en sa propre compagnie sur le toit,
avec seul but de sortir mentalement toutes ses pensées
pour les apaiser. Ce n'est qu'une petite habitude
qu'elle s'offre tous les jours depuis ces derniers mois.
Cela peut durer une demi heure, parfois plusieurs
heures. C'est un peu comme une thérapie : on pense,
on se souvient, on pleure, on rigole de soi.. Ces
petites séances lui font le plus grand bien, car à la fin

de la nuit tout s'efface, et Mélanie peut commencer une nouvelle journée.

Depuis que sa mère est au courant, Mélanie se sent plus légère, car face à désarroi auquel elle ne peut éviter de traverser, elle ne se sent plus si seule qu'auparavant. Néanmoins sa mère ne peut porter ce lourd poids sur ses épaules, car la santé de sa fille est en jeu et elle n'est pas qualifiée pour l'aider. Elle lui suggère régulièrement de la laisser prendre rendez-vous chez une personne en capacité de lui apporter de l'aide. Mais la jeune fille ne veut pas se sentir forcer : elle n'est pas encore en capacité de se livrer à d'autres adultes plus qualifiés, même si elle est consciente qu'il faudra passer par cette étape un jour ou l'autre. Toutes ces émotions doivent être libérées. Elle ne doit plus les éviter et les garder au fond d'elle-même. Mais comme je viens de vous le dire, elle n'est pas encore prête. De toute manière rien ne fonctionnerait si elle coopérait à contre cœur. Alors elle se contente de ses petites séances privées à elle, et ça parait être suffisant pour l'instant. Elle peut ainsi choisir ce qu'elle pense être le meilleur sujet de réflexion seulement ces ressentis, et pas uniquement répondre à des questions poser aléatoirement. Mélanie est méfiante et cela je vous l'ai déjà dit. Même si elle avait en face d'elle le meilleur psychologue au monde, elle ne voudrait point tout raconter. Elle resterait avec une part d'émotions refoulées à cause de son manque de confiance envers les gens. Alors la meilleure solution ne serait pas d'attendre encore un peu de temps ? Et puis, ce jour où elle se décidera à consulter, ce jour-là, elle saura que ce sera le bon moment et que c'est elle qui l'a décidée.

A côté de ça Mélanie ne pleure plus en classe, ce n'est pas pour autant que ces soucis s'effacent. Au contraire, ils restent en place, n'avancent pas mais ne reculent pas tout de même, ils paraissent invisible à voir mais Mélanie se souvient de leur existence. On ne peut oublier ce qui nous tracasse. Pendant ses journées de cours elle essaie de se concentrer sur les leçons étudiées, une méthode infaillible contre les pensées en trop. Aussi elle commence à participer petit à petit en classe, selon les matières où elle peut prendre confiance. Ce petit jeu la maintient temporairement loin des soucis que vous connaissez par cœur tellement je ne cesse d'en parler. Mais ce n'est pas le sujet. Mélanie paraît de nouveau une enfant classique qui n'a que pour pression les études. La voyant parfois sourire avec ses amies, ses professeurs pensent qu'elle va mieux alors qu'en réalité, elle dissimule juste ces angoisses. Un jour sa mère lui avait dit qu'elle était trop forte pour avoir cacher ses misères pendant tant de temps. Ce jour-là, Mélanie trouvait ces mots ridicule mais aujourd'hui, tout prend son sens. Hier elle était encore dans l'ignorance, aujourd'hui elle imagine connaître un peu plus sur elle-même.

Elle ne voyait que le noir, maintenant elle pense apercevoir la lumière.

Chapitre 7

Les mois passés, ses problèmes s'éloignaient mais pouvaient réapparaître quand ils le voulaient. Mélanie ne se sentait pas encore sauver mais elle savait que ça ne saurait tarder. Tôt ou tard, elle serait libérer de l'emprise de la négativité. Elle ne sait peut-être pas encore qui elle est mais elle est sur le chemin de la connaissance. Certaines personnes prennent toute une vie à se connaître, alors elle se dit qu'elle a le temps.

Mélanie ne faisait plus beaucoup de crises d'angoisse. Elle avait commencé la médiation, selon la forte recommandation des vidéos sur Internet qu'elle avait regardées. Sa tristesse disparaissait peut-être un peu chaque jour, néanmoins le soleil lui, n'accordait toujours pas un rayon de lumière à son cœur. Il était encore isolé.

Au collège, cela s'est compliqué peu à peu. Scolairement parlant, ces notes ne diminuaient pas, elle continuait à briller lors des différents contrôles. Mais du côté des amis, sa vie sociale, elle ressentait l'hypocrisie près d'elle. Elle avait, d'ailleurs elle a toujours, une meilleure amie, une fille qui, comme elle, était plutôt timide au premier abord mais à présent puisqu'elles se connaissaient, se transformait un véritable clown. Mélanie passait ses journées de cours avec elle, elles étaient devenues inséparables, fusionnelles. Elles vivaient même leurs peines de cœur ensemble, tellement la vie a décidé de les relier. Mais ne nous attardons pas trop sur cette partie. Le plus dur à vivre, à présent, était sa classe. Depuis quelques temps, c'est-à-dire depuis que Mélanie s'était fait repousser par la personne qu'elle aimait, d'autres en ont profité de l'occasion pour se rapprocher de lui et de son meilleur ami. Ce qui embarrassait beaucoup Mélanie et sa meilleure amie, se retrouvant exclue de ces personnes. D'accord elle pouvait ne pas être aimée réciproquement, ce qui est déjà dur, mais être rejetée par des personnes qu'elle avait toujours bien considéré, c'est comme se prendre un coup de couteau dans le dos. Les personnes mal intentionnées prirent vite la place des deux meilleures amies, les repoussant à leur tour sans raison. Savez-vous comme il est dur d'évoluer dans une classe qui vous fait sentir transparent ? On a l'impression de ne plus être là, de ne plus compter, d'être sans importance. Comme une pierre abandonner sur un chemin. Trop longtemps avec une futilité, tu tombes de haut et tu te sens trahis. Depuis des mois on te faisait croire que toute la classe t'appréciait alors qu'en réalité ils attendaient juste de

prendre ta place. Mélanie se refermait de nouveau.
Elle aurait dû se méfier davantage.

Ces garçons paraissaient indifférents face à leur
exclusion, alors qu'il y a a peine encore deux
semaines ils étaient toujours aux côtés des jeunes
filles. A présent, ils semblent deux grands abrutis, on
peut les entendre rigoler pour tout et rien avec des
filles qui ne veulent que plaire. Plaire aux garçons qui
ne les intéressent même pas d'ailleurs, plaire pour
plaire. Vouloir plaire aux mêmes garçons alors
qu'elles sont amies et que l'une souhaite être
véritablement aimée par l'un d'eux. C'est tellement
malsain. Surtout quand on le voit d'un point de vue
extérieur.

Suite à cet événement, tout s'est vite enchaîné : elles
étaient deux contre la majorité de la classe. Elles
furent victimes d'hypocrisie, ce qui courent les rues
chez la jeunesse, mais également de moqueries, de
jugement, d'exclusion du nouveau clan de la classe, et
même, de coups de sac "sans faite exprès". Se faire
repoussé fait déjà beaucoup de mal au cœur, sentir
que les personnes qu'ont considérés encore plus, alors
comment supporter tout cet enchaînement ? D'un
côté, elle voulait lever la tête et leur montrer qui elle

était. Même si elle n'était pas au meilleur de sa forme, elle devait se faire respecter. Qui oserait se laisser piétiner ainsi ? Pas elle. Elle ne le supporterait pas longtemps. Elle ne cherchait pas les problèmes, mais elle ne laisserait personne la traitait mal. D'un autre côté, sa meilleure amie avait peur des représailles. Car il y allait en avoir. Pour sûr. Le monde n'est pas si doux qu'il paraît être.

De plus, Mélanie souhaitait se rebeller, mais pas toute seule. Elle ne laisserait jamais son amie seule dans cette situation. Car quoiqu'elles fasse, l'autre serait impliquée, peut-être à contre-coeur, dans les actions de Mélanie. Elles étaient un duo. Tout se faisait à deux. Mais elle ne pouvait pas forcer son amie à se défendre. Elle n'allait pas la forcer quand elle-même se battait avec sa famille pour ne pas être forcée non plus. Elle la comprenait : cette dernière avait peur. Elle n'avait jamais connu le rejet, jusque-là elle avait été la petite fille timide autour des autres enfants. Mélanie n'avait pas le droit de lui faire subir autant. Alors, devant toute cette violence, elles restaient à deux, impuissantes face à la situation. Cela les a encore plus rapproché, elle ont créés un lien indestructible qui les relient chaque jour un peu plus. Elles sont reliées par leur histoire, elles se sont sauvées mutuellement. Elles sont sorties plus grandes suite à ces moments, et c'est ainsi qu'elles se sont appréciées. Mélanie a trouvé sa sœur de cœur, même si je pense qu'elle aurait préféré mieux la connaître autrement.

En tant qu'auteur je peux vous l'avouer, j'ai le pouvoir de connaître le futur de mes personnages. J'ai la magie de choisir le meilleur ou le pire dans mes histoires. Pour ce point là, j'étais sympa : Mélanie et sa meilleure amie vont mieux, elles ne sont plus dans cette classe. C'est les vacances et elles amusent comme des folles. J'ai même laisser Mélanie partir en vacances avec sa moitié amicale et la famille de celle-ci. Pour oublier toutes leurs mésaventures vécues communément pendant cette année, elles ont écrit un livre ensemble qui a été imprimé. C'est bien la preuve que dans tout malheur se cache du bonheur, et qu'il faut tirer profit de tout le positif présent dans chaque situation néfaste.

Chapitre 8

L'amitié. Quel joli mot. Au cours de la vie nous sommes amenés à croiser le chemin d'autres personnes et à créer toute sorte de liens avec eux. Sur tous les gens que Mélanie a pu rencontrer, elle n'a considéré que quelques rares personnes comme des "amies". Mais qu'est-ce qu'une amie ? Qu'est-ce qui différencie une connaissance à une amie ? Une amie qui joue un rôle à une véritable amie. Pour elle, les amis sont des proches importants qui nous font rire, qui nous soutiennent dans les moments joyeux comme dans les moments tristes, ce sont des gens qui partagent nos principes et nos valeurs ou qui nous aident à les faire évoluer. Avec l'époque des réseaux sociaux, les jeunes de son âge qui pensent bien plus d'amis car peut-être une centaine de personnes à aimer une photo, une cinquantaine à vous leurs photos ne durant que vingt-quatre heures.. Ceux-là croient qu'ils ont beaucoup d' "amis", mais il est impossible qu'ils puissent compter sur toutes ces personnes à la fois. Le jour où ils tomberont au plus bas, ils feront qui seront là pour eux. Pour leurs centaines d'amis virtuels en tous cas. Peut-être la famille, ou une personne qui n'a pas aimé leur photo mais qui dans la vraie vie a toujours été là. Des fois, il faut passer par les plus dures phases pour se rendre compte des évidences que l'on ne voulait pas voir. On ne peut avoir des milliers d'amis, c'est un fait. Pour sa part, il lui est assez difficile de se faire des amis, ou même de communiquer avec autrui. Elle n'est pas quelqu'un de très sociable, ce qui peut être handicapant quotidiennement. Elle fait des efforts, n'en doutons pas, mais les résultats ne sont pas très concluants.

Durant ses années collège, elle n'a eu que trois personnes qu'elle a pu considérer, et une seule qu'elle considère toujours comme une amie. La première s'appelait Emma. C'était une fille qu'elle admirait beaucoup, surtout pour son charisme. Elle trouvait qu'elle dégageait quelque chose, ses yeux se dirigeaient toujours vers elle pour la regarder sans ne lui avoir jamais parler. Elle se souvient qu'une fois qu'elles furent proches, celle-ci lui dit qu'elle voulait venir lui parler depuis longtemps, mais qu'elle n'osait pas, qu'elle pensait qu'elle ne l'intéresserait pas. C'était la première fois que quelqu'un lui disait cela. Elle était très étonnée, il fait dire que jamais elle n'avait eu confiance en elle dans le passé et qu'elle y travaille encore dans le présent. Emma l'a rapidement remplacé, et au bout de quelques mois seulement, elles ne se parlaient plus.

L'an suivant, la classe de cinquième, elle s'est très rapidement rapprochée d'une jeune fille que l'on surnommera Sandy. Sandy était une amie d'Emma. Elle montrait toujours qu'elle avait confiance en elle, même quand ce n'était pas le cas. Sandy était quelqu'un de très sympa et qui la mettait à l'aise. Elle a été la première personne étant en capacité de créer des délires avec Mélanie. Elle la faisait rire, elles rigolaient beaucoup à deux. Elle a passé de superbes années qui lui ont permis d'en découvrir d'avantage sur elle avec du recul, malgré les nombreuses disputes qu'il fallait qu'elle fasse face régulièrement. Elle découvrit la grandeur de son cœur, son envie d'aider les autres, sa sensibilité vis-à-vis de leurs mots et de leurs attitudes envers elle. Elle apprit aussi la douleur de la trahison, la solitude même quand elle était avec elle, elle comprit le sens propre du mot "amitié". Elle pourrait remercier Sandy pour ces leçons, tellement elles furent les meilleures pour l'aider à se comprendre.

Megan fut la troisième et plus triste amie qu'elle connut. Elle était très triste, elle ne la voyait que souvent sourire. Elle s'efforçait à être toujours à ses côtés, à rester avec elle quitte à rater une heure de cours juste pour s'assurer qu'elle aille mieux. Elles partageaient néanmoins une complicité digne d'une relation entre sœurs et je pense que c'est le plus regrettable dans cette histoire. Juste en un regard, elles pouvaient se comprendre. Sans parler, elles arrivaient à communiquer. Juste avec un signe, elles pouvaient éclater de rire. Tout cela est partie de sa vie pendant quelques mois. Du jour au lendemain, Megan l'eut plongé dans l'ignorance la plus totale en jouant la carte de l'indifférence. Son silence lui rappela la trahison de Sandy, qui jusque-là n'était plus qu'une simple connaissance.

Pendant ces quelques, elle ne connaissait pas la raison et ne tenait pas à la savoir. Elle n'est pas un bouche-trou que l'on prend et puis l'on jette aux premiers ennuis. Elle ne supporte plus les gestes blessants des autres qu'elle pardonnait jadis. Elle commence à définir des limites à ne pas franchir, elle ne laisse plus les gens qu'elle côtoie lui manquer de respect derrière son dos, elle n'accepte plus les erreurs aussi facilement. Elle tire des leçons de ses anciennes amitiés, afin de ne pas refaire les mêmes erreurs deux fois. Aujourd'hui, la formidable jeune fille que j'ai évoqué dans le chapitre précédent a reçu le titre de meilleure amie. Jusque-là elle pense n'avoir jamais connu une personne qui puisse si bien lui correspondre. Elles ont à peu près la même vision du monde, le même humour, la même façon de penser, de réfléchir, elles sont toutes les deux aussi timides l'une que l'autre. Elles s' aident mutuellement à combattre ses peurs avec la sociabilité et l'oral. Elle ne la juge pas, n'a aucune attente envers moi comme elle n'en a aucune envers elle. Elles se complètent parfaitement et elle est vraiment ravie d'avoir fait sa connaissance. Voilà la seule véritable amie qui est encore à ses côtés à ce jour, et elle lui suffit amplement !

III

(Sentiments)

Je l'observais en silence, il avait toute mon attention. Il se tenait debout, à l'autre bout de la pièce, entouré de son groupe d'amis. Étant de dos, il ne me laissait pas voir son magnifique visage, celui que j'avais vu de si près comme de si loin selon les périodes. Il était même le seul à pouvoir me créer ces angoisses lorsque l'on me disait que je ne le verrais plus. Et quand l'on me disait que nous deux serait impossible, je fermais les yeux et continuais mon chemin. Il se tenait là, debout et me tournant le dos, protégé par une carapace qui m'empêchait de voir ses jolis yeux dans lesquels j'avais cru lire le moindre de ses sentiments.

Nous nous étions rencontrés il y a deux ans, pourtant j'ai l'impression de l'avoir toujours connu. Durant ces années; mes pensées se sont tellement tournées vers lui qu'à présent elles font parties de mon quotidien, comme des éléments inéchangeables auxquels j'ai cessé de lutter. Il m'a fait vivre des moments que je n'oublierais jamais et sans m'en rendre compte, je me suis attachée. Attachée à ses mots, à sa voix, à ses mensonges qui pour moi étaient des vérités. Et si à ses yeux je ne suis rien alors qui suis-je ? S'il ne croit pas en moi, qui le devrait ? Mes amis ne racontent que je suis une fille formidable mais s'il ne le perçoit pas ainsi, quand est-il ? Continuer ma route sans lui m'est-il toujours permis ? De tous mes combats, il est le plus incontrôlable. Comment un être insignifiant a-t-il pu devenir un indispensable à ce point ?

Quoiqu'il en soit, nos chemins se sépareront l'an prochain et j'espère qu'il deviendra un souvenir parmi tant d'autres. Mais si ce n'est pas le cas, je compte sur l'avenir pour me ramener pas très loin de lui.

Il est toujours debout mais cette fois il est en face de moi, m'ignorant comme l'on ignore un caillou. Il ne me regarde pas comme s'il avait oublié les mots qu'il me chuchotait à l'oreille autrefois. Je me meurs dans mon silence et cherche quelqu'un d'autre dans la même détresse que moi. C'est là que je posai les yeux sur le bien-aimé de mon amie, accompagné d'une autre fille. Justement les voilà rejoindre monsieur et tous trois semblent ravis.

Ce soir-là il s'est enfui comme un voleur, apportant avec lui mon cœur malgré ses protestations. Il sortit par la porte et se fut la dernière fois que je le vis.

Chapitre 9

L'amour, quel beau sentiment ! Ce sentiment nous fait
vivre, nous donne espoir, nous fait ressentir des
papillons dans le ventre, accapare nos pensées, il fait
battre notre cœur..

L'amour fait battre le cœur des gens. C'est une énergie
tellement puissante qu'elle nous donne la force de vie.
Mais quels sont les types d'amour qui existent ? Pour
notre protagoniste adorée, il y en a une infinité sous
toute forme différente, mais les 3 principales formes
sont l'amour passionnel, l'amour-amitié et l'amour de
ce qui se trouve autour de nous. L'amour passionnel,
avec un partenaire ; l'amour-amitié, avec des proches
ou même avec sa famille ; et pour finir l'amour de
tout ce qui se trouve autour de nous, soit le plus
important. L'amour inconditionnel est la base de la
spiritualité. L'amour de la nature, de la vie, sans
limite, inconditionnellement. L'amour est une énergie
qui circule partout continuellement.

Tout le monde parle de trouver l'homme ou la femme
de sa vie, de trouver son âme sœur. Mais en réalité,
une âme sœur est une âme que l'on a connue ou
simplement rencontrée dans des vies antérieures ; par

conséquent nous en avons plusieurs. Lorsque nous rencontrons une âme sœur, nous allons ressentir une connexion immédiate avec cette personne, tout simplement parce que notre âme la reconnaît ! Et généralement, la connexion s'effectue des deux côtés au même moment.

En revanche, nous n'avons qu'une flamme jumelle. Et cette flamme jumelle est sûrement la personne idéale pour nous et dont nous avons toujours rêvé. Ensemble, elles ont les mêmes objectifs de vie, beaucoup de points communs.. Malheureusement, elles vont passer leur temps à se prendre la tête car elles auront l'impression de se regarder dans un miroir. Quand elles se reprochent n'importe quoi, en réalité elles reprochent à elles-mêmes ce même "n'importe quoi" et c'est très frustrant. Pour être fusionnels, il faut absolument qu'elles grandissent séparément afin d'apprendre à mieux se connaître et ainsi éviter l'effet miroir que je viens de vous expliquer, et enfin qu'elles se sentent bien seules, en leurs propres compagnies. Mais si un de ses éléments n'est pas respecté, leur relation ne pourra pas fonctionner.

Mélanie ne sait pas quoi penser de tout ça. Un amour de ce genre, c'est à double tranchant. La relation est si intense qu'elle consomme toute énergie personnelle. La relation est si profonde qu'on ne peut que si attachait. L'amour partagé est si passionnel que toute pensée personnelle est consumée. On ne peut que s'accrocher à l'autre comme à une bouée. La différence est que ce sauvetage est souvent effectué par la personne qui nous a fait couler. Il y a tous les signes d'un amour toxique, sans que pour autant s'en soit un. Les flammes jumelles, ce sont tout un monde qui se crée autour d'eux, un univers qui n'a qu'eux comme habitants. Vivre un amour avec sa flamme jumelle, c'est un voyage continu rempli de rebondissements.

Mélanie a toujours rêvé de rencontrer sa flamme jumelle. Pourtant, elle n'est pas très pressée, car elle est persuadée qu'elle n'a pas encore remplie toutes les étapes de son côté. Rien qu'à penser à ses soucis non réglés, elle comprend qu'elle n'est pas encore prête. Il lui faudrait sûrement des années avant de se sentir bien avec elle-même, et surtout prête à partager la vie de quelqu'un. Quelle sensation se doit être quand on est avec la bonne personne. Il ne faut pas frôler les étapes. Elle n'a pas envie de le rencontrer avant, car elle est bien au courant que tout ne passerait pas pour le mieux, qu'il n'y aura pas cette *flamme* dans leur couple. Il manquerait l'étincelle dans les yeux de l'autre pour éblouir la relation. De toute façon, je vous le rappelle, elle ne se sent trop jeune et pas assez prête pour commencer à sortir avec un garçon.

Mélanie a beaucoup d'attentes envers les garçons. Elle aimerait que son copain soie beau, qu'il s'habille bien, qu'il ait une bonne hygiène de vie, qu'il fasse du sport, qu'il soie drôle, sérieux, respectueux, mature, attentionné, éveillé spirituellement.. Le garçon parfait que tout le monde rêverait d'avoir à ses côtés. Tant d'attentes se créent entre ce que l'on s'imagine de la magie vivre en passant de précieux instants de sa vie et quand on les vit. Mélanie étant une surconsommatrice de livres de romance, elle s'imagine voler sur un petit nuage quand son tour arrivera. Mais en réalité, à quoi servent tous ces critères ? Si il n'y a pas le fameux feeling, tout s'efface, il ne l'intéressera pas. Alors pourquoi toutes ces attentes ? Pourquoi devrait-elle sortir avec le garçon parfait ? Et même, pourquoi devrait-elle sortir avec un garçon ?

Mélanie a toujours trouvé difficile d'aimer quelqu'un qui l'aime. Quelqu'un qui la respecte, qui a de bonnes intentions envers elle. Elle a l'impression que tout n'est que mensonge, ou bien même qu'elle ne mérite pas ce bonheur. Un amour sain, réciproque, qui la rendrait heureuse, ça lui fait peur, ça l'effraie. Elle aurait trop peur de ne pas bien se comporter, que si un jour le fil qui les relie se coupe, elle se noie de chagrin et ne réussisse plus à se relever. Peur de se sentir responsable de cette rupture pour eux deux. Et puis, pourquoi devrait-elle finir par souffrir ? Les histoires d'amour ne finissent jamais très bien dans ses souvenirs. Alors c'est sûrement ça le problème ? Peut-être que si elle travaille sur elle, si elle apprend à s'aimer avant de dire *je t'aime*, peut-être que ses peurs s'en iront ? Car refuser d'aimer par peur de souffrir, c'est comme refuser de vivre par peur de mourir.

Chapitre 10

Malgré ses appréhensions envers l'amour, Mélanie ne
put y échapper. Un beau jour, un nouveau arriva dans
la classe. Mélanie ayant déjà expérimenté le
sentiment d'être seule et de ne connaître personne
quand on arrive dans un nouvel endroit. Mélanie avait
également un pressentiment, une intuition qui lui
disait que ce garçon n'était pas n'importe qui. Elle
ressentait quelque chose indéfinissable qu'aujourd'hui
encore elle ne saurait décrire. Puis le jour de son
arrivée ne tarda point.

Il se prénommait Christian. Il paraissait au premier
abord différent des autres garçons. Il était désintéressé
de l'amour et cela se savait. Beaucoup de filles
tombèrent rapidement sous son charme, Mélanie y
comprit. Mais comme elle avait peur, elle ne chercha
à décrocher rien de plus qu'une place en tant qu'amie.
Elle lui parlait normalement, pendant que son cœur
fondait sur place et qu'elle tentait de le dissimuler.
Vous savez, cacher ses sentiments n'est pas toujours la
meilleure des solutions. Parfois être claire avec soi et
avec les autres évite des déceptions. Les autres filles
quant à elles ne se cachaient pas, et lui semblait
pourtant ne pas se rendre compte de leur petit jeu.

Elles finissaient par l'oublier, se rendant compte qu'elles perdaient leur temps.

Avec Mélanie, ce n'était pas pareil. Ils rigolaient ensemble, ils parlaient tous les jours, ils passaient beaucoup de temps à deux. Mélanie voulait devenir plus qu'une amie pour lui, mais elle ne savait rien de ce que lui ressentait envers elle. Il était mystérieux. Il ne disait jamais de phrase révélatrice sur ses sentiments. Cela faisait son charme d'ailleurs. Elle ne voulait pas tomber dans le piège qui se formait sous ses pieds, ce piège où elle finirait par pleurer pour en sortir. On dit que l'amour rend heureux, on dit que l'amour blesse. Dans le doute, vaut mieux ne pas s'y frotter. Voilà ce que pensait Mélanie avant de rencontrer notre cher Christian. Car une fois piquée, il faut attendre que le poison se dissipe pour retrouver son état normal.

Ils parlaient sur les réseaux sociaux, tous les jours, tous les soirs. Ce n'était même plus elle qui l'appelait, maintenant le voilà qui la harcelait de messages pour raconter la moindre chose qu'il pouvait raconter. Son comportement commençait lui aussi à porter à confusion. La jeune fille ne savait plus qui ils étaient vraiment. Impossible de les définir. Tout était flou, rien n'était clair. Ses sentiments envers lui se renforçaient avec le temps qui défilait sans s'arrêter, mais pourtant il ne semblait pas le remarquer. Comme-ci toute cette histoire se déroulait dans la tête de Mélanie et nulle part ailleurs. Aucun signe du tout. Jamais. Mais elle ne l'avait pas inventé. Pourquoi s'adressait-il toujours à elle et pas aux autres ? Il avait des filles à ses pieds. Pourquoi Mélanie ? Surtout que cette histoire finissait par lui faire des ennemis. Les filles qui l'aimaient, n'aimaient pas Mélanie. Elle était trop proche de lui. Il semblait vouloir se rapprocher toujours plus d'elle. Sur le dos de l'amabilité, il se permettait de faire des choses qu'un ami ne ferait pas. Il avait fait naître des sentiments dans le cœur de la jeune fille, et ces sentiments, il en était incapable de les assumer.

Leur relation devint de plus en plus ambiguë, et Christian ne paraissait pas s'en rendre compte. Un jour il était extrêmement proche de Mélanie, le lendemain il la connaissait à peine. Le petit cœur de Mélanie se fragilisait, se demandant s'il fallait s'accrocher à ses sentiments ou à la raison. Ses sentiments lui disaient de continuer d'espérer, de ne pas lâcher. La raison, elle, ne semblait pas du même avis. Elle lui criait : "Cours ! Sauve-toi ! Fuis tant il est encore temps !" Mais il était trop tard. Elle aurait dû la prévenir plus tôt, elle l'aurait dû l'emmener très loin du jeune homme, car elle sait parfaitement qu'un garçon indécis ne pourra jamais la rendre heureuse.

A un moment, elle se décida à l'oublier. Tant pis, elle ne l'aurait pas. Au moins se serait elle qui l'aurait décidé, il ne l'aurait pas. Trop de temps dans le vent, trop d'heures et de moments partagés pour pas grand chose. Mais il fallait se rendre à l'évidence : l'attendre sans même savoir si lui l'attendrait devenait pesant. Une année déjà s'était écoulée. Et un an, c'est trop long. Douze mois à se soucier de lui. Cinquante deux semaines à penser à lui. Trois cent soixante cinq jours à se préoccuper de lui. Tout ce petit jeu était terminé. Elle avait compris qu'elle ne méritait pas ça. Mais christian l'eut sûrement remarqué, puisqu'il choisit cette période pour montrer une marque d'attention légèrement différente des autres. Une marque d'attention difficile à définir, mais nullement une marque d'attention entre amis. Cela se passa lors d'un après-midi , sur le temps scolaire. C'était l'heure de la pause et Mélanie était accompagnée de sa meilleure amie. Durant toute l'heure de la pause, elle ne put s'empêcher de le regarder, se posant pour la énième fois les mêmes questions en boucle qui l'interrogeaient depuis déjà quelques jours. Elle observait avec attention chaque parcelle de son visage, même si celui-ci était à plusieurs mètres d'elle. Elle crut ne pas croiser son regard, cependant à la fin de la pause, le jeune homme s'approcha d'elle et lui murmura à l'oreille : "Arrête de me regarder comme ça". Puis l'air de rien, il s'éloigna. En prononçant ces mots, il avait remis en cause toutes les réflexions de Mélanie, toutes ses décisions, ses remises en cause, ses choix à propos de lui. Il l'aimait. Tout ça, en l'espace de cinq secondes.

Chapitre 11

Mélanie était bien pensive. Elle se souvenait des moments spéciaux qu'elle avait vécus en sa compagnie il y a maintenant quelques mois. Elle se souvenait des papillons dans le ventre qu'il lui avait fait ressentir. Une autre fois, lorsqu'ils rigolaient ensemble, la situation a en quelque sorte déraillait. Ils étaient en groupe, malgré tout ils se comportaient comme-s'ils étaient seuls. Je disais donc, ils rigolaient. Christian, trouvant la situation amusante à son goût, il baissa sa tête à la taille de Mélanie. Vexée, elle n'hésita pas à lui faire une petite tape sur la joue, afin de lui montrer que la situation n'était pas aussi drôle qu'il le pensait. Un large sourire s'étendit sur son visage et la jeune fille fondit sur place. Qu'il était beau ! Elle ne put que sourire à son tour, sous l'œil surpris des autres. Ils étaient comme dans une bulle, il n'y avait qu'eux et rien d'autre autour d'eux. Face à toutes ces situations, elle ne pouvait pas s'empêcher de succomber. Comment ne pas tomber amoureuse ? Comment ne pas croire qu'il souhaite juste être votre ami ? Et lui, comment pouvait-il la faire espérer comme ça ?

Cela faisait longtemps maintenant qu'elle avait des sentiments pour lui. Plus d'une année passée à l'aimer secrètement. Le temps défiler et elle n'en pouvait plus d'être dans l'incompréhension, de ne pas savoir ce qu'ils deviendraient le lendemain. Il fallait qu'il sache. Il fallait qu'il soit au courant de ce qu'elle pensait dans son coin de lui. La vérité devait sortir car au fur à mesure, le silence devenait un mensonge.

Pour le nouvel an, elle se décida à lui envoyer un message. Si la réponse serait positive, tant mieux pour elle, elle connaîtrait sûrement l'amour pour la première fois. Elle pourrait enfin définir ce qu'est l'amour, peut-être celui qui est si bien raconté dans les livres, en tous cas l'amour qui se vit à deux. Elle n'eut qu'une demi-heure à attendre. Sans grande surprise, la réponse fut négative. Elle savait déjà au fond d'elle qu'il ne pourra pas l'aimer. Qui le pourrait même ? Mélanie avait beau dire qu'elle le savait, cela ne changeait en rien qu'elle fût touchée par la tristesse d'être de nouveau repoussée. Alors, seule dans sa chambre le premier janvier, entendant tous les bruits des autres qui fêtaient cette nouvelle année, Mélanie s'effondra en larmes. Elle réalisa combien elle était attachée à lui, combien elle l'aimait à sens unique. Elle n'aurait jamais dû le laisser prendre autant de place dans sa vie. Elle y avait déjà réfléchit : elle ne méritait pas de vive ça. Et quand il s'était rapproché d'elle la seconde fois, aurait-il eu peur de perdre son affection ? Serait en manque d'attention ? Dans tous les cas envisageables, elle n'aurait jamais dû le croire. Il n'était qu'un beau parleur. Il avait joué avec son cœur. Il l'avait manipulé. Il savait très bien qu'elle l'aimait, et il avait tout de même continuer de faite semblant. Il avait profité de son amour pour gagner de l'affection et donner de l'espérance qu'il avait après ce soir tout de suite retiré. Elle s'était trompé. Il n'était en fin de compte pas un type bien. La vie n'était pas rose et elle venait de s'en rendre un peu plus compte. Il y avait des gens comme Christian partout. Et maintenant qu'il ne résidait que lui dans ses pensées, comment allait-elle s'en sortir ?

Mélanie réagissait de la même façon devant chaque combat. Le carnet était déjà en place prêt à recevoir mille coups d'encre gorgés de désespoir, de colère, de tristesse. La rage dans la tête, elle s'adonna à son art favori : l'écriture.

Christian s'éloignait peu à peu d'elle, se rapprochant d'autres filles qui cherchaient plus d'attention que d'amitié. Elles voulaient plaire et ça se remarquait. Il n'eut rien de plus que des messages et peut-être des regards particuliers, soit moins d'un dixième de ce qu'il y avait eu entre Mélanie et Christian. Malgré tout, il n'y avait plus rien entre ces deux derniers, et la jeune fille le ressentait un peu plus chaque jour qui passait.

Le jour de fin d'année était organisé un bal pour les troisièmes. L'invitation indiquait qu'il fallait venir bien habillé, comme dans un bal naturellement. Christian venu, on aurait dit un homme d'affaire, il était à couper le souffle. Mélanie quant à elle, avait enfilé une magnifique robe noire qui mettait en valeur sa fine taille ainsi que ses quelques formes.
Il y avait une bonne ambiance pendant la fête, et Christian adressa même la parole à Mélanie au bout de deux heures. Il la regarda quelques fois dans la soirée mais assez discrètement pour que la fille jeune se demandait si elle ne rêvait pas. La dernière demi-heure avant la fin de la fête, Mélanie discutait avec une de ses amies à qui elle n'avait pas beaucoup parlé cette année. Son copain était proche de Christian, ce qui la rendait plus proche de lui également. Elle lui confia que, contrairement aux autres filles après elle, Christian avait parlé de Mélanie en permanence, à la bibliothèque, pendant les pauses.. Il ne ratait pas une

occasion pour parler d'elle. Mélanie était perdue, mais cela ne devait plus à rien d'espérer car à la fin de la soirée, Christian partit comme un voleur, emportant avec lui l'espoir et l'histoire qu'il y avait eu entre eux.

Mélanie mit plus d'un mois à s'en remettre, elle venait de perdre assurément la première personne qu'elle avait aimée. La première personne qui l'avait repoussée. Ce fut son premier chagrin d'amour. Après cette expérience, Mélanie réalisa qu'elle devrait d'abord commencer à d'aimer elle-même plutôt que de chercher la validation dans les yeux des autres.

.

IV

(Révolte)

Seule, isolée. L'eau coule sur mes épaules tentant bien que mal de tout nettoyer. La crasse qui s'est imprimée dans mon corps ne part pas malgré toute la volonté qu'il me reste. Je ferme le robinet de douche et me traîne à l'extérieur de cette foutue cabine. Mes cheveux sont tremblés, mon mascara a coulé, mes habits sont percés. Mon visage, vide d'émotions, me parait stupide. Ils avaient tous raison. Qu'est-ce que j'espérais ? Le monde est une horreur absolue. Dehors, tout n'est qu'illusion. On proclame la fraternité pour au final s'écraser les uns les autres. Je ne veux plus sortir de chez moi pour croiser tous ces visages qui déambulent dans ces rues. De tous les maux de la terre, le pire n'est-il pas de s'être surestimé, de s'être cru réaliser l'impossible ? Ils m'ont fait espérer. Ils m'ont fait laissé croire. Et je les ai suivi. Quand ils me disaient que je n'y arriverais pas, que je n'avais pas les capacités, que tout ce que je voulais n'était qu'une perte de temps. Je leur en veux. En quoi empêcher une gamine d'espérer est une bonne chose ? Pourquoi se sont-ils tous unis contre moi ? N'y a-t-il donc parmi eux aucune personne ayant un but dans la vie ? Ils n'avaient pas le droit. Ce rêve, c'était ma force, mon courage, ma motivation qui me faisaient avancer chaque jour dans la vie. Et eux, qui n'étaient pourtant pas concernés, se sont permis de porter un jugement péjoratif sur chaque chose qui y contribuait. Comment.. Comment ai-je pu les écouté ? Dans mon dos ils parlaient et pourtant je ne me suis jamais retournée. Mais lorsqu"ils sont apparus devant, tout a changé. Tant bien que mal j'ai essayé de les éviter en vain : au final je les ai entendu. Mais pourquoi empêcher de vivre une gosse comme moi ? Je ne leur ai seulement demandé vivre. De me laisser faire ce que je souhaitais faire. De me laisser dire tout ce que je devais dire. De me laisser rêver, ce dont j'avais besoin de rêver. A aucun moment je n'ai demandé leur avis. Alors pourquoi ?! POURQUOI ?!

Ma main, qui jusque-là s'était montré bien calme, a fini par s'appuyer violemment en plein milieu du miroir en face duquel je me tiens. Et même en voyant le sang coulait le long de ma paume de main, je ne m'arrête. Qu'ils soient maudis ! Je dévale les pièces de mon appartement, cassant tout ce qui a le malheur de se trouver sur mon passage. Le bruit des objets se fracassant sur le carrelage ne me déstabilise même pas. D'ailleurs il leur ressemble : "eux" c'est le cri du

verre qui contenait mon rêve quand il vola en éclats.
"Eux", n'ont été plus mauvais que jamais.

Je tombe enfin sur leurs sales figures qui gâchent la
beauté du papier. Ils m'ont tout pris. Ils ont brisé mon
rêve. Et en inspirant cette voix destructrice, j'ai enfin
le courage de les réduire en cendre.

Chapitre 12

Les rechutes étaient nombreuses ces derniers temps.
Le sourire de Mélanie disparaissait de nouveau, et ne
réapparaissait pas souvent. La jeune fille redevenait
inquiète pour sa santé mentale, elle pouvait constater
de nouveau l'ampleur de la destruction. Car oui, à
l'intérieur, elle était détruite. Les traces de Christian
avaient laissé quelques dégâts, et Mélanie n'était plus
prête à connaître l'amour. Elle se demandait sans
cesse si elle l'avait connu. Ce qu'elle avait ressenti
n'était peut-être pas de l'amour, puisqu'il était à sens
unique. Il l'avait dégoûté de toute envie de revivre
cette situation. Il avait le mauvais rôle dans l'histoire
car, malgré tout, elle l'aimait toujours. Les histoires
d'amour font mal quand elles ne se terminent pas de la
bonne façon.

Chaque seconde qui s'écoulait, elle l'était un peu plus.
Détruite. Ce mot lui détournait dans la tête de plus en
plus fort, de plus en plus vite. Elle ne pensait qu'à ça.
Elle ne voyait pas de solution proche, que de longs
chemins qu'elle avait toujours éviter à emprunter,
sûrement par peur de dévier la route et de ne plus
jamais se retrouver. Elle était à nouveau seule.
Désespérée. Épuisée. Il fallait tout recommencer. A

son épuisement traditionnel s'ajoutait sa peine de cœur. C'est trop lourd à supporter, quand on a que quinze ans.

Mélanie était redevenue anxieuse et elle le remarquait. L'insécurité la poursuivait malgré elle, malgré tous ces efforts et toute sa volonté. On ne peut pas échapper à tout, et cela la fatiguait. Elle n'en pouvait plus de ces hauts et ces bas, de ce bonheur qui se montrait et qui repartait aussitôt. Dès qu'elle n'avait plus qu'à tendre les mains pour l'attraper, il s'enfuyait, peut-être par peur d'être contaminé par son malheur et de la condamner. A croire que ce n'est pas pour elle, de grandir bien dans sa tête.

Une nuit de plus, Mélanie était sur le toit de sa maison. C'était devenu son refuge, l'endroit parfait pour réfléchir à tout ce qu'elle contenait en elle et qu'elle ne savait analyser. L'endroit parfait pour libérer ses pensées bloquées en elle, ses mots qui n'osaient sortir, ses phrases qui l'entouraient et qui l'emprisonnaient. Ses pensées étaient devenues encore plus négatives et néfastes pour la jeune fille qu'elles ne l'avaient jamais été. Elles tournaient sans cesse autour d'elle et commençaient à l'étouffer. L'air qu'elle inspirait continuellement finirait par l'asphyxier, il voulait sa fin. Mais elle continuait à respirer, sachant pertinemment que s'arrêter l'amènerait directement à sa fin. Elle n'aurait pas le temps de combattre, ce serait tout de suite la case de fin.

Mélanie avait cependant grandi. Ses réflexions avaient évoluées, à son image. Elle ne croyait plus à sa bonne étoile naïvement, elle s'interrogeait réellement sur l'énergie qui se trouvait là haut, dans le ciel et au-delà du ciel. Elle se posait de multiples questions, auxquelles sûrement personne ne pourrait jamais y répondre. Elle remettait en question les valeurs qu'on lui avait appris jusque-là. Elle ne se permettait plus de supposer, mais de savoir. Elle voulait la vérité. Plus d'histoire de coïncidence, plus d'histoire de chance. Tout ce qu'elle souhaitait n'est autre qu'apprendre la vérité. S'il y avait quelqu'un dans le ciel, elle voulait le savoir. Si elle en avait la preuve, elle se laisserait y croire. Mais pour l'instant, rien n'y était, juste sa curiosité et rien de nouveau. Elle trouvait toujours sur ce toit, ne se contentant pour seule réponse que le fruit de ses réflexions. Elle se demandait si ce qui se trouve et qui règne ainsi sur le monde. Parfois, elle se demandait même s'il y avait vraiment quelqu'un et que tout n'avait pas été inventé par les hommes.

Elle avait repensé à toutes les causes possible à sa destruction. Elle avait une idée, par rapport à ça. Pendant une période où elle apprenait à vivre avec les autres, à communiquer avec le monde extérieur, elle avait installé des réseaux sociaux. Elle voulait s'identifier autre part que au travers des lignes des bouquins qu'elle avait lus. Elle voulait visualiser, voir des images défilées dans sa tête. Elle croyait qu'elle trouverait des filles de son âge qui, comme elle, chercher à s'identifier. La réalité lui tomba très vite sur les épaules : non seulement elle ne trouvait pas de filles de son âge, mais celles qu'elles voyaient danser ou rigoler derrière son écran étaient très jolies. C'était exactement ces filles qui la dérangeaient déjà dans son quotidien. Ces filles qui ne paraissent pas réelles. Ces filles à qui toute fille voudrait ressembler. Ces filles qui créent des complexes sans faire exprès aux autres filles. Ces filles qui attiraient le regard des garçons. Qui attireraient Christian. Mélanie les trouvaient belles, trop belles, plus belles qu'elles. Chacune d'elle paraissait à ses yeux plus magnifique que tout ce qu'elle pourrait ressembler à l'avenir. Rien qu'à les voir derrière son écran.

Cela engendra de multiples questionnements, si bien qu'elle chercha à leur ressembler. Elle était influencée par la vie des autres, le corps des autres, le style d'habits des autres. Elle devenait tous sauf elle-même. C'était une personne différente qu'elle croyait appelée "la vraie Moi". Prise dans cette engrenage, elle continua de suivre cette mauvaise route qui la condamnait à construire un mur devant sa vraie identité. Les réseaux l'empêchaient de se découvrir telle qu'elle est. Chaque jour, elle s'élançait loin de sa vraie personnalité. Rejoindre le monde des réseaux fut la pire erreur qu'elle n'eut jamais commise. Ils lui interdisaient de s'aimer telle qu'elle est. Ils voulaient lui imposer un type de personne, et culpabiliser ceux qui ne rentraient pas dans ces "codes". Mélanie ne rentrait pas dans ces codes. Y rentrer serait contre ces principes. Mais l'envie d'être comme les autres, de se sentir "normal", passa avant tout les restes. Voilà la véritable cause de sa destruction.

Chapitre 13

Abordons plutôt un autre thème, les gens.. Ces petits
êtres qui font si peurs à notre chère protagoniste.
Pourtant nous tous y sommes confrontés : la peur du
regard de l'autre, de son jugement.. Personne n'y
échappe ! Le meilleur dans l'histoire, serait de
préciser que pour nous jeunes adolescents qui
apprenons toujours à y faire face, que souvent les
jugements que l'on redoute proviennent régulièrement
de personnes qui eux aussi redoutent notre jugement.
Quand Mélanie se regarde d'un point de vue extérieur,
elle se rend compte que la stratégie de réflexion
qu'elle utilise par rapport aux gens n'est pas bonne du
tout. Elle essaie de s'en détacher le plus possible
chaque jour, afin de pouvoir libérer totalement ses
ailes de papillon enfermé dans un cocon un jour et de
s'envoler loin de tous ses fléaux sociales.

Depuis petite, le regard des autres est sans aucun
doute la peur la plus importante en elle. Elle ne sait
d'où provient cette peur ni pourquoi elle est restée,
mais elle a le plus souvent contrôlé sa vie au niveau
de ses anciennes décisions. Au collège, la jeune fille
voulait se fondre dans la masse, passer inaperçue, ne
surtout pas être remarquée.. Avec du recul elle dirait

que c'était comme si elle étouffait la moindre parole qui pourrait la mettre au centre de l'attention, sa phobie. En général, les gens de son âge connaissent tous ce problème. Mélanie croit pourtant qu'il s'attaque de façon plus acharnée à certaines personnes qu'à d'autres. Si elle écrit aujourd'hui, c'est parce que elle s'autorise enfin à laisser sa parole se libérer, celle qu'elle a tellement étouffé. Elle se permet afin de s'exprimer pour dire tout ce qu'elle voudrait que le monde entende.

Tous les êtres humains (hommes, femmes, enfants..) ont des peurs. Certaines sont plus subtiles que d'autres et plus au moins "faciles" à guérir. Mais la peur du regard de l'autre est un fléau qui concerne plus les adolescents, qui s'apprêtent à devenir des adultes. Mais au final, que pense l'autre ? Pense-t-il du bien et du mal de nous ? Pourquoi cela a-t-il tellement d'importance à l'intérieur de nous ?

Mélanie réfléchissait beaucoup à ses questions et elle a fini par conclure que les réponses à ses questions n'ont pas plus d'intérêt que cela. Pourquoi faudrait-il se tourmenter pour quelque chose qui se passe à l'intérieur des autres ? Chaque individu est responsable de lui-même et par conséquent, il n'est pas responsable de ce qui se passe dans la vie des autres. Si l'on suit ce résonnement, l'avis des autres à tout de suite moins d'importance.

Pour sa part elle prit bien du temps à comprendre ce principe. Avant, l'impact de leurs jugements (conscients ou inconscients) sur elle était assez spectaculaire. Surtout avec la réalité des réseaux sociaux qui lui montraient la différence entre elle et les autres. Ces applications minables qui lui faisaient plus de mal que de bien. D'accord, il y a beaucoup de points positifs à celles-ci, il faut le reconnaître, comme par exemple la simplicité de la communication. Mais les aspects négatifs sont tout aussi présent, désavantageant énormément le réseau en lui-même. Ceci est une façon détournait pour vous mettre en garde. Comme pour chaque application, il y a du bon comme du mauvais. Faites donc attention je vous en prie, à ne pas faire ce que vous considériez comme "bon" se retourner contre vous.

Tous les mots négatifs la troublaient, la vexaient, la blessaient.. Tandis que les notes plus positives n'avaient qu'un espace plus restreint à l'intérieur d'elle. Il lui fallut du temps pour reconnaître que tout n'était pas équilibré. Il lui fallut également du temps pour remettre la balance à égalité, que tout devienne proportionnel. Et à présent, il n'y a généralement que le côté positif de leurs critiques qui l'intéresse.

La différence est souvent mal acceptée par les populations. Alors ceux qui se sentent différents, ont automatiquement plus de mal à s'accepter. Mélanie s'est toujours sentie différente, malgré elle. Comme ci il y avait un décalage, un fossé entre les jeunes de son âge et elle. Comme s'ils ne grandissaient pas à la même vitesse, même s'ils partageaient le même âge. La différence est une force, quand elle est acceptée par celui ou celle qui la porte. Je ne sais pas d'où vient la sienne, et je pense sincèrement qu'il n'est pas utile qu'elle le sache. Après tout, qu'est-ce qui changerait ? Rien, absolument rien du tout. Alors elle se contente juste de vivre avec, comme ci c'était une part normale d'elle-même. D'ailleurs, qu'est-ce qui est normal ?

Mélanie n'est pas sociable, c'est un fait. Elle n'est pas asociale non plus : elle ne repousserait jamais quelqu'un qui va vers elle. Elle aime juste se retrouver seule avec elle-même. Ce sont les seuls moments où elle arrive à respecter un des besoins de son corps mental : l'individualité. De ce fait, elle a tendance à rester à l'écart, à se mettre en retrait. Ce n'est pas un point qui la dérange, au contraire. Seulement en public, on la trouve trop "discrète", trop "calme", voire même "transparente". Je ne suis pas d'accord avec ces gens-là. Est-ce le fait qu'elle soit un peu de côté qui les font dire cela ? Pour sa part, Mélanie ne voit pas vraiment de problème à rester seule. Être solitaire n'est pas un défaut, mais plutôt une qualité sous son point de vue. Avoir la capacité à pouvoir rester seule avec soi sans pour autant se sentir seule, n'est-ce pas formidable ? De même, pouvoir se partager à soi ce que l'on partagerait à l'autre sans pour autant sentir un manque quelconque, n'est-ce pas génial ? Pour ceux qui n'ont jamais eu l'occasion ou qui n'ont jamais voulu se confronter à passer du temps seul, qu'attendez-vous ? De quoi avez-vous peur ? Qu'est-ce qui vous retient ? Imaginez des chaînes qui vous empêchent de découvrir votre *Vous* intérieur, ce sont les changements de votre personnalité en groupe. Et si en brisant les chaînes, vous vous retrouviez dans un endroit nouveau, rempli d'expériences, remplis de nouvelles valeurs et de principes à découvrir dans le but de retrouver votre *Vous* intérieur ? N'avez-vous jamais penser de cette façon ?

Chapitre 14

Après toutes ces découvertes sur ses peurs, sur ces influences, Mélanie voulait vraiment se retrouver. Elle souhait avoir vraiment confiance en elle et connaître sa valeur. Elle trouvait cela plus qu'inévitable. Plus jamais elle n'aurait à remettre en question ce qu'elle mérite ou non, jamais elle ne se redemanderait si tout était de sa faute ou non. Réduction de sa culpabilité, augmentation de sa confiance en elle, son estime d'elle.. Que de bénéfices pour une vie moins tourmentée ! De plus cela servirait au cas où elle se retrouverait de nouveau dans une situation similaire à celle déjà vécue avec Christian. Si ce moment arrive, elle saurait comme réagir, elle saurait comment moins souffrir. Elle était décidée à analyser quelques points de sa vie, pour réaliser ce qui ne lui correspond pas, ce qui la dérange et ce qu'elle peut améliorer. La voie de la sagesse l'avait appelé, elle allait enfin pouvoir atteindre la meilleure version d'elle-même, la meilleure vie pour elle-même et surtout attirer le meilleur. Mais tous ces changements ne s'opéreront que par étape.

Premièrement, elle s'était résolu à modifier ses lectures. Ce que l'on lit influence ce que l'on pense qui influence à son tour ce que l'on veut avoir. Dans le monde de l'écriture, il faut faire preuve d'imagination. Dans l'univers de la lecture, on n'apprécie que ce qui est peu banal. On aime ce qui est original, ce qui est inatteignable, ce qui fait rêver. Ce qui n'est pas réel. Mélanie rêve de vivre une belle histoire d'amour depuis ce qu'elle a traversé avec Christian. Et l'amour à sens unique, ça ne fait pas rêver. Pourtant elle n'aurait d'autre titre à apporter. Le livre de sa vie n'est que commun, il ne serait pas un bon livre. Alors pourquoi enrichir davantage ses attentes envers des histoires qu'elle ne vivra jamais ? Lire des romances ne lui apportait rien de plus que de la déception envers sa propre vie. Elle s'était résolu à changer cela. Alors un beau jour, suivant l'exemple des centaines de protagoniste qu'elle a suivi au travers de leurs yeux toutes ces années. Un beau jour, elle se leva et se décida à modifier cet aspect de sa vie. Elle se rendit à la librairie du coin, dans le rayon "développement personnel", où d'ailleurs avait-elle déjà repéré quelques livres. Cela l'amènerait à devenir la meilleure version d'elle-même, comme elle l'avait toujours souhaité. De plus, pour continuait sur cette route, elle supprimera tout ce qui est sur les réseaux et qui pourrait l'empêcher de se trouver : mis à part les quelques astuces que l'on trouve une fois par mois à peine, les réseaux ne lui servaient plus à rien. D'autant plus qu'elle savait d'ores et déjà qu'elle saurait s'en passer, car avec de bonnes activités entre les mains, il est impossible pour quiconque de s'ennuyer. S'éloigner de l'influence des gens, de leurs énergies ainsi que de leurs jugements.

Ensuite, elle avait écrit ces objectifs ainsi que la personne qu'elle voulait devenir sur un papier. Et pour être cette personne, elle n'avait d'autre choix que de faire d'elle-même sa priorité. Elle se mit enfin au centre de sa vie. On confond parfois cela à l'égoïsme, alors que se recentrer sur soi et sur ses envies ne sont que ce qu'il n'y a de plus normal. Et ces actions nouvelles ne l'emmener en rien sur ce mauvais chemin non, juste sur une belle route vers la conquête de la paix de son cœur. La jeune fille était encore jeune, et elle aimait s'occuper des autres. Les aider, les aimer, les guider quand elle le pouvait. Elle était encore fragile, mais cette fois sa volonté d'en apprendre davantage et d'enfin pouvoir se regarder dans un miroir en aimant ce qu'elle apercevrait, constituait une détermination sans limite ayant pour but de la conduire jusqu'à la meilleure version de sa personne. Elle n'était pas égoïste non, disons plutôt qu'elle préférait s'occuper d'elle plutôt que de s'occuper des autres. Elle avait trop prit soin d'elle avant de soigner les autres. Elle mit ses "amies" de côté quelques temps afin de réaliser qui étaient ces vraies amies, et d'éliminer les autres. Elle se choisit personnage principal de sa vie, son film, sa série. En suivant ce choix, elle écouterait sûrement mieux ces besoins et son vrai *Elle*.

Elle ne regardait plus les garçons, préférant oublier leurs avis tant qu'elle ne connaissait pas le sien. Car si l'on suit ce maudit résonnement, elle ne serait rien. Elle se trouvait belle, mais les garçons ne la regardaient pas alors, l'était-elle réellement ? A présent elle ne comptait plus que son propre avis, sa propre estimation de sa valeur. Ce n'était pas toujours facile, mais c'était rentable pour sa santé mentale.

Elle continuait à cultiver ses arts, non sans se cacher. Elle assumait le plus possible ce qu'elle aimait et ça se remarquait. On pouvait la croiser dans un lieu public en train d'écrire, ou bien encore danser dans la rue filmée par son amie. Elle avait des projets et elle voulait les réaliser. Elle avait petite un rêve qu'elle souhait aujourd'hui atteindre coûte que coûte. Plus rien d'autre que ça ne compterait à ses yeux, mis à part sa famille et sa personne.

A l'école tout allait bien, elle travaillait toujours aussi bien. Tout allait pour le mieux elle montrait même parfois des efforts à l'oral, chose impossible il y a bien quelques moins auparavant.

En résumé elle voulait se concentrer sur qui elle était, qui elle était devenu et qui elle sera plus tard. Je le répète elle n'était ni égoïste, ni égocentrique, mais juste une fille qui a besoin de se retrouver, ou bien plutôt de se trouver, se découvrir.

Chapitre 15

Tous ces mots, ces cris, ces larmes résonnaient en elle. Aujourd'hui encore, lorsque cela lui revient à l'esprit, son sourire s'efface et un vide protecteur remonte en elle. La jeune fille essaie de se libérer de son passé, mais impossible : elle doit l'accepter. Elle ne peut pas le fuir, car on ne peut échapper à ses démons quand ils ont pris le contrôle de nos pensées. Elle parle souvent de guérison, mais la clé du bonheur est l'acceptation. C'est l'introspection qu'elle effectue à présent : remarquer, accepter, soigner. Tout n'est pas triste dans la vie, car aujourd'hui Mélanie va mieux et elle est très heureuse dans sa vie. Depuis le début de ce livre, je ne parle que de choses assez négatives, du moins pas très joyeuses.

Après de longs mois de remises en questions dont je ne vous ai pas épargné, Mélanie s'était réveillée et elle s'était réellement posée les questions suivantes : est-elle heureuse ? Est-elle en train de vivre la vie qu'elle souhaite ? Ne pourrait-elle pas l'améliorer ? Ce fut, je pense, la première fois qu'elle pesait réellement l'importance de ces questions avec autant de conviction. Elle avait envie de changer, d'évoluer, de s'améliorer, de devenir la meilleure version d'elle-même, au lieu d'être simplement spectatrice de sa propre vie. Elle voulait se recentrer sur elle, se replacer au milieu de sa vie, être le personnage principal en improvisation continue. Cette nouvelle perspective lui a apporté enthousiasme et motivation pendant quelques temps. Elle entreprit de nouvelles activités qui a son sens, l'aideraient à évoluer. Ce moment n'a pas duré longtemps, seulement quelques semaines dans les grandes lignes.

Mélanie avait besoin de changements, et cela se ressentait dans ses mots, ses gestes. Cela se ressentait comme l'on ressent une aura autour d'une personne. Elle trouvait qu'elle avait vécu assez de choses négatives pour son âge, alors qu'on ne cessait de lui répéter de profiter. On lui disait : "La vie est courte. Profite. Un jour tes yeux ne s'ouvriront plus." Et comme tout enfant qui veut bien faire, Mélanie s'était mis la pression. Mais aujourd'hui, comme je vous l'ai déjà dit, tout va mieux. Son exigence envers elle a diminué, sans pour autant disparaître. A présent, elle se sent plus épanouie, plus heureuse, elle prend du plaisir à vivre. Comment en est-elle arrivée là ? Plusieurs facteurs l'ont énormément aidée, sans eux tout ne se serait pas passé de la même façon.

Pour commencer, la volonté. Dans la vie, tout est question de volonté. La volonté, la motivation, la détermination.. Si Mélanie n'avait pas pris la décision de se reprendre en main, si elle n'aurait pas suivi ses résolutions, rien n'aurait changé. Elle a prit ses envies de se développer au sérieux et cela l'a conduit à mener de vraies actions qui l'ont amenées vers de vrais changements. La volonté est (je pense) l'un des deux facteurs les plus importants pour évoluer dans la vie. Sans cette étincelle dans le cœur, il est compliqué d'apprécier sa vie. La volonté nous demande de vouloir toujours mieux pour nous. Plus de confiance, plus d'estime, plus d'espoir. Mais cela ne fait pas tout ! N'oublions pas que la volonté se construit dans notre cerveau, et que sans d'autres facteurs, rien ne se concrétiserait longtemps.

La discipline. Lorsque que l'on regarde sur Internet ou dans un dictionnaire, la discipline est représentée comme la soumission à des règles ou un règlement. On retient le mot "soumission", "obligation". Or, j'évoque la discipline comme un facteur de bonheur. Or depuis petit, on nous apprend à penser que ce que nous sommes obligés de faire est le contraire de ce que nous sommes libres de faire. Mais dans d'autres cas, les termes "obligation" et "liberté" peuvent-ils s'associer ? De ce que Mélanie a expérimenté, non. Donc pour elle, la discipline n'est pas se forcer à respecter des règles, mais plutôt connaître ses limites, respecter son emploi du temps, son plan.. Alors cultiver sa partie de discipline, combinée à sa volonté, voilà déjà le début d'une bonne recette vers le bonheur. Et pour ajuster une bonne dose d'amusement et de plaisir, rien de tels que de s'approprier quelques loisirs.

Les passions. Dans sa vie, Mélanie a trois passions : le sport, l'écriture et la lecture, les langues. Chacune de ses passions lui apportent beaucoup au quotidien et lui apprennent des leçons que personne ne pourrait lui apprendre aussi bien. A trois, ils constituent sa raison de vivre. Quand elle danse, elle ressent son ÊTRE vibrer. Quand elle écrit, elle se sent vivre. Quand elle parle en espagnol, elle n'est plus la même personne. Elle enlève le masque virtuel qu'elle portait continuellement et qu'elle peine à faire partir. Elle communique en étant qu'elle-même. Cette trilogie lui porte une version d'elle-même qui évolue tous les jours. Quand elle rencontre une personne dans la vie, elle se demande tout de suite quelles sont ses passions.
Nos passions nous représentent, elles nous apportent

grâce à la pratique et l'expérience, principes et valeurs. Depuis que nous sommes petits, nos passions changent sans cesse, d'abord des activités puis des hobbies. Elles deviennent des passions quand elles commencent à influencer notre vie, nos choix, quand elles restent dans notre tête. Je conseille à tout le monde d'avoir des passions, ça embellit la vie et rajoute des rayons de soleil dans notre quotidien. Bien qu'il faut du temps pour trouver sa ou ses véritables passions, essayer un peu tout, avoir plus de hobbies en même temps, aide vraiment. Et une fois la passion trouvée, il ne suffit plus qu'à suivre ce chemin et à lâcher prise : tout va bien !

V

(Flamme)

Sourire aux lèvres et baladeur en main, je me dirige en direction de mon lieu favori. Ce n'est qu'un terrain d'herbe certes, mais c'est dans cet endroit seulement que mon corps prend vit.

Les premières notes retentissent et déjà tout mon corps s'embrase. La flamme de la vie que je porte dans mon cœur, s'embrase à son tour. Déjà, mon corps ne m'appartient plus non, mon âme le contrôle. Mes jambes auparavant raides se transforment en de magnifiques ailes, celles qui m'aident à m'envoler. Mes bras, eux, sont inarrêtables tant les gestes libérateurs que j'effectue sont rapides. Même mon regard à changer, il paraît à présent uniquement le miroir de mes émotions, le reflet de mes sentiments, l'incarnation de mes ressentis. L'herbe fraîche, sûrement coupée la veille, caresse mes pieds mais ce n'est pas grave, car à la vitesse où ils bougent, on croirait presque que le sol est enflammé. D'ailleurs, on m'a souvent dit de ne pas jouer avec le feu car cela brûle. Mais à voir cette flamme en moi tourbillonner, je retiendrais seulement que le feu ne brûle que lorsque l'on est abusif. Quand on s'y approche, on se réchauffe, on évolue, on ressent cette chaleur en nous que personne n'est capable de nous

apporter. Danser, c'est parfois aussi frôler ce danger.
J'ai toujours aimé faire ça. Il n'y a rien de plus beau
au monde que de voir une personne ne faire qu'un
avec son corps pour nous raconter une histoire. Il y a
des gens qui parlent avec des mots ou des notes, en
les chantant, en les jouant ou bien même en les
écrivant.. Moi je m'exprime avec mon corps, à
chacun sa façon de parler.

Lorsque je suis sur la scène le temps s'arrête. Je ne
vois même plus le public devant moi. Il ne reste plus
que l'essentiel ; c'est-à-dire moi et la flamme qui
animent mon corps.

On me demande souvent pourquoi j'aime la danse. La
plupart du temps je hausse les épaules et d'ailleurs, je
ne comprends même pas moi-même cette réaction. La
vraie raison est que la danse ne nécessite aucun
critère. Pas besoin de se créer une identité pour
valser au milieu de la foule. Pas besoin d'avoir un
certain poids, une certaine taille, une certaine
morphologie. Qui que tu sois, tu peux danser. Il ne
suffit que de se montrer Soi. La danse est
intemporelle, tout se passe dans l'esprit. Il ne suffit
que de laisser vibrer son âme.

Commence par bouger ton corps, là tu fais du sport. Puis cherche à faire passer un message ou une émotion, colle y ton intention et là, ce sera de l'art. Pour moi, toute danseuse est une artiste. Alors, pour te rappeler cela, je fais tournoyer tu comprennes que ces mots vibrent à la fréquence de mon cœur.

Chapitre 16

Emmenée par cette vague de nouveauté, l'énergie autour d'elle circulait et l'emportait sans cesse dans un tourbillon d'aventure qui ne lui laissait aucun temps pour se reposer. L'esprit rechargé d'émotions joyeuses, elle se posa de nouveau sur son toit, se souvenant de l'ancienne Elle qui était il y a encore quelques semaines assez perturbée. Que de changements ces temps ci.. Prise dans les événements des dernières semaines, elle ne s'était pas posée à cet endroit depuis. Ces journées étaient comblées d'action et le soir elle était si fatiguée qu'elle s'endormait très facilement. Plus de soucis de sommeil. Elle était à nouveau à cette fameuse place, là où elle avait décidé de ne plus traîner ses angoisses et ses fardeaux du passé. C'est là que durant certaines nuits qu'elle attrapait son stylo pour y jeter volontairement ses maux qui lui torturaient le plus l'esprit. C'est là qu'elle avait commencé à s'habituer à écrire chaque jour. Elle aimait déjà cela, depuis longtemps maintenant, mais se fut une habitude qu'à partir de cette époque là. Elle avait appris ici à utiliser son art d'écrire pour extérioriser tout ce que la bloquer. Elle avait appris à s'accrocher à sa seule force d'écrire. Son pouvoir entre les lettres et elle, elle et les lettres. Elle avait découvert celui-ci il y a quelques années, d'une façon plutôt originale.

Mélanie se souvient très bien de ce fameux jour, le jour d'une grande révélation pour elle. Elle ne se rappelle plus précisément en quelle année, ni avec quel professeur, mais par contre elle se souvient très bien de ce qu'elle a ressenti ce jour là. Il y avait un grand travail pour clôturer l'année, une grande rédaction à écrire sur un thème que l'on devait choisir, qu'il soit fictif ou réaliste. A l'époque, Mélanie n'aimait pas trop ces types de travaux là. Elle ne savait pas trop quoi écrire, comment l'écrire et surtout, elle se sentait obligée d'écrire. Écrire pour écrire et non écrire par plaisir. Chaque fois, elle comptait le nombre de lignes, de mots, elle contrôlait tous les détails de ce genre qui l'empêcher d'être libre avec elle, son stylo et sa feuille. Mais au moment de rédiger ce devoir, elle se souvient avoir appliqué le précieux conseil de son cher professeur : se lâcher. Elle avait donc pris une feuille, un stylo et elle avait écrit. Son imagination se mit en route, sa créativité se mélangea à l'encre de son stylo, les mots dansèrent sur sa copie. Elle eut comme une sorte de déclic, quelque chose qui lui disait que cela lui faisait plaisir, qu'elle se sentait bien en faisant cela. Elle avait donc procéder ainsi pour les prochaines rédactions à rendre en classe.

Les années passèrent, les événements dans sa vie dont vous connaissez déjà les grandes lignes aussi, et Mélanie s'accrochait encore à l'écriture. Ce n'était plus une discipline utilisée pour les cours, pour les rédactions de classe, mais une passion, une activité à elle-même, une thérapie. Son pouvoir de soulager ses maux uniquement avec un stylo et une feuille de papier, c'était magique. Qui a dans sa vie, ce pouvoir, et aussi jeune ? C'était une accroche dont personne ne connaissait le point de départ, ni le point d'arrivée non plus. Même elle ne pouvait contrôler la grandeur de son pouvoir. C'était comme ci la feuille blanche lui permettait de se vider de ses soucis, comme ci elle voulait l'aider. Comme ci son stylo acceptait de lui coopérer, de lui apporter l'encre que Mélanie a besoin pour utiliser son pouvoir. Comme ci pour une fois, il y a enfin quelque chose qui lui voulait du bien et qui lui montrait.

Cette passion la poursuivait déjà depuis quatre ans, quatre années où elle avait connu des hauts et des bas, des joies et des peines, du bonheur et de la tristesse. Dans toutes les situations qu'elle avait rencontré, l'écriture l'avait accompagné. Elle écrivait des histoires dans lesquelles elle se représentait, elle décrivait son quotidien, elle ressentait et comprenait ses peines en relisant ses notes. Avec son stylo en main, elle était libre. Libre avec un grand L. La vraie liberté, la liberté sans limite.

La jeune fille s'était mis à écrire. Grâce à cette activité, elle se sentait mieux. Elle pouvait écrire le matin, avec ses inspirations matinales ; juste après manger, en digérant son repas du midi ; l'après-midi, en dégustant son goûter ; ou bien le soir, avec ses idées nocturnes. Elle écrivait quand elle voulait, où elle voulait, sous le format qu'elle voulait. Elle aimait cette liberté qu'à l'écriture, la liberté de pouvoir tous choisir. Pouvoir même choisir des conditions déjà inscrites, mais aussi pouvoir choisir l'histoire, s'il y en a une. Il est possible d'écrire un poème, une pièce de théâtre, un roman, une bande dessinée si l'on souhaite mêler des arts en une œuvre.. Rien n'est impossible. Les choix sont multiples. Elle ne faisait qu'un avec sa feuille de papier, elle était elle-même et rien d'autre. Pas de déguisement, de couverture non, elle-même. Mélanie. Sans masque ni rien d'autre qui la dissimulerait. Mélanie. Sa créativité, sa personnalité, son style. Mélanie. Elle avait trouvé son chemin, elle pouvait tracer ainsi sa route sans se soucier de quelconque détail. Dans son malheur elle s'était finalement concentré sur son unique part de bonheur. Elle s'était sauvée, elle avait réussi. Elle avait accomplir sa mission, et elle était fière d'elle. Fière de sa personne, fière d'avoir trouver sa voie. Cet art libérateur, la poursuivra sûrement toute sa vie, puisqu'aujourd'hui, n'est-elle pas en train d'écrire un livre ?

Chapitre 17

Les mois dépassés apportant chaque jour un peu plus
de changement, Mélanie retrouvait le sourire et
songeait à entreprendre toujours plus de de nouveaux
projets. Elle reporta ses notes de mal-être dans son
carnet, puis s'inspirant de ceci, laissa sa plume défiler
les mots. Les souvenirs de l'enfer dans lequel elle était
plongé il y a quelques mois encore ne la hantait plus,
elle voulait à présent d'une certaine manière aider
ceux qui, comme elle, connaissait le chaos à un
moment de leur vie et qui ne saurait comment en
sortir. Elle voulait écrire un livre. Elle l'avait toujours
voulu, mais que pouvait-elle écrire ? Elle n'avait pas
encore vécu assez d'expérience à l'époque. Elle avait
peur des regrets, regretter ses écrits par la suite car
elle aurait précipité les choses et son style d'écriture
n'aurait pas eu le moment de se développer. Elle avait
peur.. Elle craignait l'avis des autres après la lecture
de son livre. Elle craignait d'ailleurs que personne ne
veuille le lire. Elle craignait les critiques négatives sur
sa future œuvre. Alors elle s'était laissé rêvé. Elle
avait trop de blocages, elle n'osait se lancer. Jusqu'à
cette année. Jusqu'à la sortie des barreaux de la prison
où elle s'était elle-même enfermée dès son plus jeune
âge. Elle se laissait le temps de rêver et d'imaginer sa

vie différente chaque jour par facteur de ces feuilles rassemblés. Ces feuilles imprimées qui constitueraient pour elle une immense fierté. Ces feuilles à l'encre gravée qui la motiveraient à continuer d'écrire, et qui la rassuraient sur le chemin qu'elle a choisi de suivre. Mais la peur la contrôler..

Un jour ou l'autre, il sera trop tard. Sa vie prendra fin et tous ces rêves mis de coté se transformeront en éternels regrets, qui ne la hanteront pas pour longtemps. A la dernière étape de sa vie, Mélanie ne souhaite aucun regret, que des souvenirs. Voir de belles images de sa vie défiler devant ses yeux quand ceux-ci se fermeront pour la dernière fois. Une vie parfaite n'existe pas et de toute manière serait-elle ennuyeuse. Alors une vie remplie d'accomplissement et de retombées, voilà ce qui donne de l'espoir à Mélanie quand elle se réveille le matin.

Maintenant à vous lecteur, imaginer le petit être qu'était Mélanie avant qu'elle grandisse et qu'elle oublie de s'occuper la flamme qui laisse apparaître des étoiles digne du ciel dans ses yeux. Quand elle était enfant Mélanie rêvassait. Il faut dire qu'elle avait toujours la tête dans les nuages. Elle préférait inventer une autre vie plutôt que de vivre la sienne. Cela a même fini par lui apporter des problèmes qu'elle n'aurait jamais imaginés. Vouloir changer d'identité, ne pas connaître la sienne par exemple.. Elle lisait également des livres. Non plutôt, elle les dévorait. Elle était toujours une mangeuse de livres, et ça ne changera sûrement jamais. Les livres lui ont apportés tellement de choses, pourtant nous ne pouvons pas les remercier, ils ne sont pas vivants refermer. Pendant mes années de collège, elle n'avait pas beaucoup d'amis, à mon plus grand regret. Elle souhaitait être la fille populaire, que tout le monde adorait, qui pouvait parler à n'importe qui sans se sentir différente ou rejetée.

Et comme elle n'avait jamais été cette fille dans la vraie vie, elle s'était racontée cette histoire en lisant des livres. Elle se mettait à la place de cette jeune fille qu'elle enviait tant et, l'instant de la lecture, elle était Elle. Elle pensait des après-midi entière dans sa peau, à partager ses pensées et ses aventures. Elle était enfin le personnage principal de quelque chose, et cela était le plus important plus tard. Quand elle commença à s'intéresser à l'écriture, tout changea. Elle s'amusait à créer les histoires, au lieu de les subir. Elle pouvait choisir tout ce qu'elle souhaitait, à chaque détail près. Au début, c'était seulement pour s'amuser, mais au fur et à mesure du temps, elle comprit qu'elle en avait besoin, qu'elle se sentait bien après avoir écrit tous ses désirs sur des bouts de papier. Cela l'apaisait et me rassurait quand elle pensait que jamais elle ne serait pas celle-là.

Mais au final, elle prit conscience d'une bien belle chose :

cette fille n'est pas et ne sera jamais Elle.

Du côté de son caractère et de sa personnalité, elle était qualifiée comme une "fragile", une fille plutôt sensible et très susceptible. Je ne peux point nier cela, il est vrai qu'elle se vexait facilement, qu'elle pleurait souvent, qu'elle était souvent tourmentée pour un rien.. On le lui reprochait souvent. Il est vrai que dans son entourage, mis à part sa mère, personne ne la comprenait et c'est évidemment pour cela qu'elle était le plus souvent seule. Au moins pendant ces moments-là, elle pouvait souffler un peu sans subir la pression de l'indifférence vue par les autres. Mais est-ce normal ? Est-ce normal de ne pas pouvoir être soi-même, de ne pas pouvoir être naturelle dès que l'on est entouré ? J'avoue qu'elle ne s'est que rarement posé la question.

Surtout que, bien que la réponse soie évidente, elle n'avait jamais été capable de se justifier ; elle avait grandi en ne pensant qu'à l'avis des autres, en se formant selon les envies des autres.. Elle ne pensait même plus à elle, toutes ses pensées étaient destinées aux autres. Les autres, les gens de sa classe, son entourage, ou même n'importe quelle personne à qui elle pouvait parler.. Tout ce petit monde qui lui faisait du mal sans même s'en douter.

VI

(Rayons)

L'herbe verte autour de moi, je me perds dans mes pensées. Influencées par l'environnement, celles-là n'ont d'autre choix que d'être positives. Je me suis installée dans le jardin public le plus proche de ma maison, autant contaminé par le beau temps qu'ailleurs. Il a été annoncé qu'aujourd'hui serait la plus chaude journée de la semaine, et vu le climat, je peux le confirmer. Nous sommes en été, ce mois nous offre les plus beaux temps de l'année.

Je suis assise dans l'herbe, et je pense à tout comme à rien. Inspectant mes chaussures, je remarque celles-ci sont posées près d'un nid à fourmis. Ah, les fourmis ! De sacrées bestioles ! Espèces peu appréciées, tous les jours je constate que la plupart des gens les écrasent même sans le vouloir. Il ne suffit que de me regarder, je suis un mauvais exemple : je me suis assise dans l'herbe sans me rappeler de leur présence. C'est un peu la même chose avec les humains : nous proclamons dans nos valeurs être fraternels pourtant je remarque trop souvent des trahisons, de la jalousie entre nous qui amènent à nous écraser les uns les autres.

Aujourd'hui est une si jolie journée que je n'ai pas envie de me prendre la tête avec toutes ces réflexions. Je préfère attendre que le temps défile et ne penser à rien. Mon cerveau a besoin de se reposer avant la reprise de l'inquiétude de la prochaine saison. Mes yeux éblouis par la luminosité naturelle, je les ferme pour écouter mes ressentis. Je ressens la chaleur du soleil, cette boule d'énergie qui nous apporte à tous force et lumière. Celle qui a le pouvoir de nous réchauffer même dans les plus froides tempêtes, et parfois celui de réchauffer notre cœur quand rien ne va. La légèreté du vent emmène mes mauvaises pensées, laissant place à un vide lentement comblé par cette même chaleur. Le retour du calme dans mon esprit, c'est l'été.

Chapitre 18

Elle traversait les allées du jardin public, un sourire aux lèvres. Les chemins qu'elles connaissaient mieux que quiconque de force à les emprunter chaque jour. Depuis quelques temps, elle avait pris l'habitude de venir ici, afin de respirer l'air frais dès le matin. Cela lui envoyait légèreté ainsi que tranquillité d'esprit dès les premières heures du jour. De cette façon, la journée commençait de la meilleure des manières possibles. Elle s'arrêta sur le ponton, observant les canards et les canetons glissaient sur l'eau. Silencieusement, elle laissa son esprit dériver vers une certaine réflexion autour de leurs préoccupations. Tout paraissait plus simple. Leur vie n'était que de s'occuper de leur famille, sur l'eau, loin des drames de l'humanité.

Mélanie aimait beaucoup les observer.

Ces petits êtres qui cancanent tranquillement, il y a de quoi les envier. Tout est calme, le bruit de l'eau fait plaisir à entendre. Elle ferme les yeux et se concentre sur ce bruit, c'est merveilleux. Elle a l'impression d'être si légère ! Elle se sent guérie. Elle se sent renaître. Elle ressent la flamme de son enfance de nouveau dans son cœur. Tout est magique. Elle aimerait que cet instant dure à l'infini, mais ce n'est pas possible, et c'est normal.

Elle reprend sa route, suivant l'allée l'amenant à la verdure la plus belle possible : des feuilles, des arbres, de la fraîcheur ! La vivacité de la nature est si belle, qu'elle ne sait comment la décrire. Ce n'est pas juste une beauté des yeux, c'est aussi une beauté intérieure, car l'on ressent le cœur de la nature en nous.

Elle se retrouve la nuit sur son toit. Mélanie aime l'air frais que la nuit lui offre sans compter. Elle est tellement généreuse ! La jeune fille se reconnecte à ces fines vibrations qui lui traversent le corps, telle l'énergie de la Lune est puissante. Toutes les nuits, elle les passe en partie ici, à contempler ce qui est pour elle la plus belle chose qu'elle ne pourra à jamais ressentir. Elle se laisse porter par la Lune, elle a toute confiance en elle. Le chant du hiboux lui caresse les oreilles avec légèreté, ce soir c'est la Pleine Lune. Elle a l'impression que toute cette énergie lui effleure la peau, la possède, et une fois de plus c'est magique.

Un autre jour encore, Mélanie se trouvait dans le hall de son lycée. Heure de cours pour certains, heure libre pour d'autres. A ce moment, la jeune fille n'avait pas classe. Elle s'était alors assise dans le hall, juste derrière son groupe d'amies. Justement, celles-ci parlaient entre elles et la laissaient sans le savoir dans sa bulle. Seule autour de ces amies, elle permit à son esprit de s'envoler une fois de plus..

Il y avait des gens autour de Mélanie. Des personnes qui avaient plus ou moins le même âge qu'elle et qui avaient tous une vie plus ou moins similaire. Le lycée, les amies, la famille, parfois les amours, et une vie plus intime. Une vie publique, une vie privée, une vie sur les réseaux. Un visage, des émotions, des mots. Une personne. Une seule contenant tant de pensées, de joie et de peine. Mélanie aimait s'arrêtait pour observer la vie défilait devant elle. Sous ses yeux, des êtres vivant simplement leur vie passent sans s'attarder sur le quotidien des autres. Mélanie observe les visages de ceux qui se trouvent juste en face d'elle. Avec sûreté peut elle affirmer qu'il ne s'arrêtent pas sur les pensées ni ressentis des autres.

Le temps ne prend pas de pause et bientôt il est l'heure de rejoindre la salle de classe. La sonnerie retentit et bientôt le monde se lève. Tout le monde bouge et se rend monotonement en direction de sa salle pour étudier. Mélanie est là, immobile, les yeux fermés. Elle entend les gens bougeaient. Elle entend ses amies partirent. Elle est de nouveau seule, sauf qu'à présent elle a appris à vivre en aimant la solitude. Ses amies sont parties sans elle, elles l'ont oublié. Pas de soucis : Mélanie sait qu'elle ne pourra à jamais ne compter que sur elle-même. Elle aime sa personne, la seule qui ne la trahira jamais, la seule qui restera à ses côtés. Au milieu de la foule de jeunes qui ne sait pas forcément le but de venir étudier, Mélanie bouge ses jambes, et rejoint à son tour la salle de classe.

Un autre jour, Mélanie se retrouve à la plage, les pieds dans le sable et le regard en l'air. Là-bas aussi, l'énergie naturelle est puissante. Ce n'est pas avec la nature ou la nuit qu'elle se reconnecte, mais l'eau. Une fois fini de bronzer, la jeune fille lâche son livre pour récupérer ses affaires et se diriger vers la mer. Elle marche, avance le long de l'eau. Elle se sent comme les canetons qu'elle a pu observé autrefois, elle se sent libre. L'air de la mer soulève un peu sa robe, entraînant un sourire sur les lèvres de la jeune fille. Quelle est bien ! Quelle est libre ! De toutes ses sorties, celle-là est la plus ressourçant. Elle a laissé son amie dans le sable, pour ne se retrouver qu'avec elle-même, la personne qui la suivra toute sa vie. Ce n'est plus un poids mais une fierté, car Mélanie a enfin trouvé les qualités et la valeur de sa personne. Elle aperçoit son reflet dans l'eau, il est si joyeux.

Mélanie revit, son cœur bat si fort dans sa poitrine, c'est une nouvelle vie qui commence. Alors la jeune fille continue son chemin,

elle est heureuse.

Chapitre 19

Des mois sont passés, ce sont les grandes vacances. La santé mentale de Mélanie est de plus en plus stable, elle se sent sauver. Plus la peine d'éviter les soucis, plus la peine d'avoir peur de la rechute. Elle s'en ait sorti, elle a réussi. Tous ses efforts l'on amenait au rétablissement de tous ses maux de tête et enfin au calme mental. Elle sent aussi qu'elle a grandi, qu'elle a gagné en maturité et en autonomie. Elle se sent plus indépendante. Elle passe de bonnes journées, que se soit en compagnie des autres ou seule.

Mélanie est plus autonome. Le matin, elle se réveille toute seule, à une heure convenable. Fini le réveil ! C'est uniquement la lueur du soleil matinal qui la pousse à ouvrir les yeux. Elle se réveille, s'étire brièvement, va devant la fenêtre constater la présence du soleil. Elle prend le temps de regarder sereinement le soleil traverser la vitre de sa fenêtre. Quelle force doit contenir cet astre pour être à l'heure tous les matins sans exception ! Puis elle descend de sa chambre par les escaliers, va manger son petit déjeuner qu'elle a elle-même préparé. Elle n'est plus assistée, elle voit l'avenir et doit être en capacité de vivre une journée devoir compter sur ses parents. Alors première étape, savoir se faire à manger ! La jeune fille commence à apprendre à cuisiner. Elle apprend les bases, pour qu'elle sache se débrouiller en cas d'urgence ou d'absence de ses parents. Maintenant elle est grande et savoir cuisiner et essentiel pour pouvoir imaginer vivre seule dans quelques années !

Ensuite, elle se dirige vers la salle de bain. Elle prend une douche avec pour seule musique l'eau qui coule. Interdit d'écouter des chansons qui défilent tandis qu'elle se lavent ! Cela ramène trop de bruits à ces oreilles et elle finit par ne plus savoir quoi écouter et de plus, cela lui provoque des maux de tête. Alors, elle a réduit son temps d'écoute de musique en le bannissant pendant les moments entre son esprit, son corps et elle. D'ailleurs Mélanie écoute de moins en moins de musique car avec le temps elle a remarqué que lorsqu'elle portait ses écouteurs, elle se sentait coupée de la réalité. De toute manière, le but de départ n'était-il pas revenir à l'écoute de ses envies, de s'accepter et de se replacer au centre de sa vie. Alors elle ne néglige aucun détail qui pourrait éventuellement la pousser replonger, il n'est pas question qu'il y ait un seul écart !

Une fois habillée et prête pour attaquer une nouvelle journée, Mélanie a deux options : faire du sport ou s'occuper à ses activités artistiques. Aujourd'hui la jeune fille a choisi d'attraper son stylo et de continuer l'écriture du récit de son histoire. Tant qu'elle est calme, autant en profitant pour faire danser les mots sur son cahier. Ce sera elle après, qui dansera tandis que ses mots se reposeront. Elle écrit, écrit, la voilà déjà au début d'un deuxième chapitre. Prise dans un élan d'inspiration, elle continue l'écriture sans consulter une seule fois sa montre. Elle écrit, laisse tourbillonner les mots autour d'elle, plongée dans son univers. Chaque fois qu'elle retrouve sa plume, son monde miraculeux la ramène à rêver de folies qu'elle ne connaitra pas.. réellement. Un chapitre s'écrit vite, surtout quand on a déjà plein d'idées dans la tête. Elle s'arrête à la fin de celui-ci, il n'est pas encore l'heure de manger mais ce sera pour bientôt. Alors, elle fait quelques rangements divers : elle fait son lit, réorganise sa table, son bureau, fait disparaître les quelques habits dérangés.. Quelques rangements qui lui permettent de remettre de l'ordre dans ses affaires.

A midi c'est Mélanie la cuisinière. Elle prépare des pâtes, tout simplement, car c'est son repas préféré. Elle dresse la table pendant l'ébullition de l'eau. Elle ne perd jamais de temps, chaque seconde est rentabilisée. Elle n'est pas non plus en train de courir derrière sa montre, affolée. Non, Mélanie est calme et tout va pour le mieux. Elle cuisine pour tout le monde, et son plat est très bon.

L'après-midi elle se relance dans un nouveau chapitre, trouve des idées pour le suivant.. Elle est vraiment passionnée par ce qu'elle fait ! Et quand l'inspiration la prend en otage, on ne sait si elle a vraiment envie de se libérer de ses liens.. Mais le défaut de l'écriture se fait vite ressentir : l'inspiration n'est pas une source illimitée. Alors quand celle ci vient à son comble en terme de phrases comme d'idées pour les futurs chapitres, Mélanie part à la recherche de son petit frère, afin de faire un jeu avec lui. Elle adore passer du temps avec lui, à deux ils sont une vraie équipe. Leur complicité apporte plus encore de joie de vivre à Mélanie, au plus grand bonheur des deux enfants. Avec ce qu'elle ressentait il y a a bien six mois, Mélanie avait l'impression d'avoir perdu du temps avec son petit frère. Elle voulait renouer des liens avec lui à par chance, rien ne s'était dénoué. Comme on est une famille, les liens ne peuvent disparaissent par éloignement. Les parties de jeux s'enchaînent, l'heure file.. Il est temps de changer d'activité !

Mélanie le lance dans une séance de sport qu'elle a elle-même préparer. Elle sent déjà ses muscles se fatiguer mais ce n'est que le début, car voilà maintenant la jeune fille courir au travers des allées de parc public, le cœur s'emballant.

Retournée à la maison, elle se fait couler un bain, prête à se détendre plus que jamais. Elle prend son temps une fois celui-ci coulait, ses muscles encore torturés des efforts effectués se mettent peu à peu à se relâcher. Mélanie se croit au spa, suivant de multiples soins et massages qu'elle s'effectue elle-même. Qu'il est important de s'accorder récompense après effort !

La soirée arrive vite, c'est déjà presque la fin de la journée. Laissons-lui un peu d'intimité et poursuivons ce chapitre avec la fin de la soirée. Une fois de plus, elle est sur le toit. Elle pense, réfléchit, c'est plus qu'une habitude, mais un rituel. Elle note ce qu'elle aimait de cette journée, ce qu'elle pourrait améliorer, si elle a été efficace ou si elle a procrastiner.. Elle écrit dans son journal toujours au même endroit, puis quand elle sent le sommeil venir la chercher, elle se glisse dans ses draps et c'est ainsi que se termine cette journée.

VII

(Envol)

Chère Mélanie,

Je sais que tu es moi et que je suis toi. Je trouve l'idée de cette lettre assez délirante, mais puisque j'insiste.. Avant de parler avec toi je voudrais me présenter à toi.
Je suis Mélanie, j'ai quinze ans, et je suis de nature rêveuse. J'ai des rêves et des passions, rien de plus banal me diras-tu. j'aime les choses simples de la vie comme la nature, le vent, le soleil même celui dans mon cœur est souvent comblé de nuages. Je suis curieuse mais ne pose jamais de questions, j'aurais bien trop peur qu'on me remarque. J'ai une famille que j'apprécie beaucoup et une meilleure amie que j'adore. J'ai quelques amies mais pas énormément, en petit comité on rigole plus qu'en grand nombre où l'on ne se connaît pas vraiment. Contrairement aux autres j'aime apprendre et aller à l'école, j'ai de brillantes notes là-bas. j'espère donc faire de bonnes études pas trop longues plus. Je croyais connaître mon chemin pour l'avenir alors qu'en réalité je n'ai aucune idée de quelle est ma voie.

Je m'interroge sur les chemins que tu as empruntés, les chemins, les décisions que tu as prises. Sûrement as-tu fait les bons choix. je te demanderais de ne pas douter de ça, d'avoir confiance en toi, crois, ça t'évitera des peines et des maux. Je me permets de te donner des conseils alors que tu as des années de plus que moi. Je peux le faire, je sais que tu as appris à ne plus te juger toi-même. Suivant les livres que j'ai lus, tu as sûrement appris aussi à te regarder avec amour et compassion. Je te félicite, c'est le meilleur apprentissage que tu aies fait de ta vie. Il le fallait, après toutes ces années de destruction..

Mélanie, sache que je suis fière d'être toi. Toi et moi, en plus de toutes les autres versions de nous-mêmes, nous sommes formidables. Tu as grandi avec autant de responsabilités sur les épaules.. Tu es courageuse, tu es incroyable..
Rappelle-toi toujours que la force qui dort en toi n'égalera jamais ne serait-ce que le reflet de tes soucis. De même pour les humains. Tu es plus forte qu'eux. Tu es plus brillante qu'eux. Tes ailes battent plus vite qu'eux. Ne t'arrête pas pour eux. Crois-moi une fois de plus, ils ne le méritent pas. N'accorde plus ton temps précieux à des gens qui secrètement te souhaitent du mal. Toutes ces bêtises, c'est fini.

Encore mille courage pour ton avenir,

Mélanie.

Chapitre 20

3 années plus tard

Rouge à lèvres en main, elle maquilla ses lèvres d'une main experte. Encore une fête ! Ces temps-ci, Mélanie enchaînait les soirées, comme la plupart des gens de son âge. Justement ce soir avait-elle rendez-vous avec ses copines afin de se rendre à la dernière soirée de l'année avant la reprise des études. Talons aux pieds et robe près du corps, la voici qu'elle sortait de son appartement provisoire, empruntant le chemin des résidences de ses amies. La route ne fut pas bien longue, elle connaissait bien le chemin à présent, après les dizaines de soirées auxquelles elles avaient participé ensemble.

La soirée commença au alentour de minuit. Dehors le ciel noir laissait apparaître de belles étoiles que nous ne prenons plus le temps de contempler. La buée sur les vitres provoquée par la chaleur contenue dans la maison ravagée par le bruit empêchait de voir ces belles lumières. Il faisait chaud et l'habitation où se déroulait la fête sentait l'alcool, mais tous les participants étaient majeurs alors tout était légal.

La musique battait à son fort à en faire exploser les enceintes. De partout, on pouvait voir des gens danser dans la maison. Sur la piste, seuls les grands danseurs se permettaient l'enchaînement de mouvements plus compliqués les uns que les autres. La soirée était réussie, c'est le moins que l'on puisse dire.

Mélanie se trouvait dans l'une de ses pièces de la maison occupée par un nombre incalculable de personne. Grande fêtarde, elle ne s'arrêtait pas de danser. Elle aimait la fête, elle aimait la nuit. Elle bougeait dans tous les sens, ne sachant même plus pourquoi elle avait commencé à danser. L'alcool coulait une fois de plus dans son sang mais rien de grave, elle n'avait pas bu plus de trois verres. Debout près d'elle, sa grande copine dansait aussi. Elles étaient toujours invitées aux sorties ou aux soirées à deux, bien qu'une soit bien plus folle et beaucoup plus fêtarde que l'autre. D'autres fois ces autres amies étaient invitées aussi, mais ce jour-là ce ne fut pas le cas. L'année était finie, l'été allait s'achever, quoi de mieux qu'une bonne vague de fête pour le terminer ? Elles avaient toutes les deux réussies leurs années, chacune ayant leurs diplômes en poche. Elles avaient toutes les deux étaient prises dans les universités et écoles qu'elles avaient choisi. Elles avaient toujours le goût du travail, quoiqu'aujourd'hui elles connaissaient mieux le goût de l'alcool. Elles pouvaient donc profiter au maximum de toutes les soirées auxquelles elles se permettaient de participer.

Cela faisait déjà plusieurs demi-heures qu'elle s'éclatait comme une folle, et ce n'est qu'en prenant une petite pause rafraîchissante qu'il l'aperçut. Il se trouvait en face d'elle, à quelques mètres d'elle. Christian, le même Christian qu'à l'époque, là, devant elle. Il dansait parmi les autres mais fini par apercevoir Mélanie à son tour. Mélanie ne s'est pas douté de sa présence, elle avait même oublié l'existence de ce garçon jusqu'à ce qu'elle le vit. C'était une fête organisée pour tous les étudiants de la région. Il y avait des gens partout et elle ne les connaissait pas tous mais lui, elle le connaissait. Elle se souvint rapidement des événements passés avec lui, mais ne voulant pas gâcher sa fête, elle détourna le regard et par suivit son chemin. Il avait grandi, il avait changé. Il était toujours aussi beau certes, mais rien en se passerait entre eux. Ils avaient sûrement empruntés des chemins différent, si un chemin avait-il trouvé. Il avait sa vie et elle avait la sienne, il ne fallait plus rien mélanger.

Elle repensa vaguement à ce qu'il avait vécu tous les deux il y a plusieurs années, et elle se surpris à penser que si elle ne l'avait jamais connu, elle serait probablement en train de le draguer. La musique ne s'était pas arrêter et la fête battait à son comble. Elle se rapprocha de la piste et se remit à danser, un moment d'euphorie l'apportant. Elle tournait, tournait, tournait si fort qu'elle finit par tomber. Quel moment de gêne se fut pour elle ! De plus qu'elle avait percuté des personnes qui la regardaient maintenant en rien, plus saoul qu'elle. Une main tenue se présenta devant elle et elle l'agrippa sans même se demander d'où elle provenait. Debout, elle vit son visage : c'était celui de Christian. D'abord surprise puis prise d'une vague de folie, elle l'entraîna à danser, se retrouvant une fois de plus au centre de la piste. Elle dansait bien et il l'avait remarqué. Il ne l'avait pas lâché du regard depuis que ce dernier avait croisé celui de la jeune femme. Il l'avait perdu de vue après une fête, aujourd'hui il la retrouvait lors d'une fête. Alors, oubliant toutes ces années de trop où il n'avait pas une seule fois pensé à elle, il prit plaisir à danser collé à elle, telles sont les danses de nos jours. Ils tournèrent sur la piste pendant un bon bout de temps, assez long en tout cas, pour que la meilleure amie de Mélanie les aperçoit, avant d'apercevoir l'instant d'après son premier chagrin d'amour dont elle n'est jamais su le moindre de ses sentiments, la regardait également.

Chapitre 21

Les années sont passées, sa jeunesse aussi et Mélanie est maintenant une femme. Après vécu plus de vingt ans avec ses parents, elle se prépare à emménager dans son premier appartement, dans un pays voisin de son pays natal. C'est un pays qu'elle affectionne particulièrement dans son cœur, pour sa culture comme pour l'ambiance dans les rues, la gastronomie ou encore pour la langue parlée là-bas. C'est un grand pas pour elle que s'en aller dans ce pays, mais c'est surtout un rêve qui se réalise. Depuis le collège, elle travaille sur l'apprentissage de cette langue. Depuis cette époque déjà, elle rêve de construire sa vie là-bas. Au lycée, les examens dans cette langue ne lui pas autant d'appréhension que lorsqu'elle imaginait les portes ouvertes devant elle. C'est par ailleurs pour cette raison qu'après la soirée elle n'a pas cherché à recontacter ce garçon, Christian, même s'il avait sûrement une histoire à vivre ensemble. Il semblait vouloir réparer ses erreurs du passé mais trop tard ! Mélanie n'a plus envie de se prendre la tête avec n'importe quel garçons, surtout s'ils ne sont pas dans le pays où elle vit. Il aurait la retrouver plus tôt ou tant mieux, elle ne la refera plus jamais souffrir.

Elle s'affaire au milieu des cartons déjà remplis du nécessaire à emporter. Il faut dire qu'il y en a des choses à emporter ! Mais elle ne peut décrocher les meubles de sa chambre, alors la pièce ne sera pas bien vide après son départ. En Espagne elle a loué un appartement assez grand et déjà meublé, pas besoin de tout emporter. De toute façon, il ne serait pas possible de tout déménager !

En vidant ses meubles elle tomba sur une drôle de caisse, remplies à ras bord d'affaires de son adolescence. A l'intérieur elle aperçut un classeur, le classeur de tous ces premiers écrits. En l'ouvrant elle y trouva ses débuts en tant qu'apprenti écrivain comme elle se déclarait même, alors qu'à l'heure actuelle elle est auteure. Un vrai écrivain, qui a écrit des bouquins. Dans son appartement, comme dans sa chambre d'ailleurs, elle aura une bibliothèque remplie d'exemplaires de ses livres, classée du plus récent au plus ancien, du plus grand format au plus réduit. Elle a atteint le sommet de son rêve..

En regardant ses anciennes photos, elle tombe sur une lettre qu'elle avait écrite un jour, pour la jeune femme qu'elle deviendra plus tard. Une lettre pour la personne qu'elle est aujourd'hui.. Elle était recouverte de poussière. Après un petit ménage sur la surface de l'enveloppe, Mélanie l'ouvrit. Dès les premières lignes, elle sentit ses yeux s'humidifiaient. Les souvenirs de son enfance refirent surface tandis qu'elle lisait la précieuse lettre qu'elle s'était écrit il y a maintenant quelques années. Elle était jeune et elle le ressent dans son écriture. Elle se souvient l'avoir écrit un soir où l'inspiration commençait à s'en allait, un soir où ses idées nouvelles commençaient à prendre la majeure partie de sa vie. Elle était encore cette enfant hier mais l'encre sur le papier parait vieux, lointain. Elle était jeune..

Tant de souvenirs lui reviennent à l'esprit. A ce moment, la jeune femme d'aujourd'hui revoit par son esprit l'adolescente qu'elle était hier. Elle se revoit perdue parmi les autres élèves, elle se souvient du vide et de la peur qui la rongeait dans l'intérieur et qui avait presque réussie à l'abattre. Elle se rappelle de son combat, de sa tristesse et de sa colère.. Elle se souvient avoir lu de l'inquiétude dans les yeux de sa mère.. D'une séquence à l'autre, comme dans un film, des images de sa vie défilent sous ses yeux. Elle est là, peureuse et à la fois courageuse, supportant moqueries et insultes, souhaitant oublier qui elle est et changer entièrement d'identité, abandonner ses rêves et s'inventer des excuses pour ne jamais s'en rappeler. Mais derrière ses angoisses se cachaient le challenge, et l'envie de se dépasser. Le sentiment de la sous-estimer et la rancœur de la réduire à une partie de ce qu'elle est. Oui elle est intelligente, oui elle a de bonnes notes. Oui elle est gentille, mais non elle n'a pas à supporter la jalousie de ceux qui n'y arrivent pas comme elle. Derrière chaque parcelle d'insultes et de critiques, se cache en réalité un être n'ayant pas réussie ce qu'il croyait pouvoir réussir. Mélanie a fini par le comprendre. Alors pour tour ceux qui voudrait la reconquérir et tenter de la ramener plus bas que ce qu'elle mérite, rester là où êtes : ne perdez pas votre temps, Mélanie n'a plus du sien à vous accorder.

Aujourd'hui je me dois de vous faire un aveu. Mélanie, la jeune fille qui occupe la place de protagoniste dans ce livre, n'est pas juste Mélanie. Comme tout personnage fictif, il vit en elle une part de son auteur, retranscrit par ses sentiments ou un peu de son vécu. Ici, j'ai pris l'exemple de Mélanie pour lui écrire une histoire comme j'aimerais pouvoir écrire ma vie. J'ai choisi de commencer l'histoire avec une fille perdue et peu sûre d'elle, et de la terminer avec une jeune femme confiante et pleine d'ambition. Je suis partie de moi, de mes affreuses pensées plus dévalorisantes que tristes, pour évoluer cette part de moi qui restait en bas. Au travers de l'écriture, j'ai grandi. J'ai changé. J'ai évolué. Et pour être honnête, je suis fière de moi. Je ressens de la fierté pour la production de ses pages évidemment, mais surtout car j'ai réussi, je me suis prouvée que tout rêve était atteignable. J'ai raisonné, j'ai compris. Malgré mes peurs et mes angoisses, je me suis hissée jusqu'au sommet de ce qui était pour moi l'impossible et à ce jour, c'est possible, c'est réalisable. Croyez en vous, car personne ne pourra jamais le faire à votre place. Et souvenez-vous bien, c'est vous contre le monde, vos rêves contre vos peurs.

Il est temps pour moi de mettre fin à ce livre. J'y ai déjà transcrit la plupart de mes émotions, je vous ai fait vivre l'évolution de Mélanie. J'espère vous avoir apporté un peu de réflexion sur vous-mêmes, ainsi que plus d'exigence et d'amour à l'égard de votre personne. Qu'importe l'âge que vous avez, il n'est jamais trop tard pour apprendre à vivre selon vos règles. Il ne sera jamais pour en apprendre davantage sur vous. La vérité est que l'on ne se connaît jamais assez, et qu'il y a toujours des facettes de soi à découvrir. Découvrez-les, et explorez-les par la même occasion.

Il se fait tard et je vais devoir vous dire au revoir. J'ai pu vous raconté mes maux et mes peines vécues l'espace de ces derniers mois. Camouflé derrière le masque que fut Mélanie, j'espère pouvoir aujourd'hui casser la barrière entre les auteurs et les lecteurs, pour vous demander de toujours croire en vous, car vous le mériter. Au début de l'écriture de ce livre, je n'étais pas au meilleur de ma forme. A la fin, me voilà pleine de vie, prête à croquer celle-ci à pleine dent. Je vous souhaite le meilleur, crois en vos rêves, et allez repousser vos limites !

A bientôt,
Mélodie

Remerciements

Pour commencer, je vous remercie tous. Merci d'avoir lu ce livre, le fruit de mes émotions. J'y ai travaillé dur et c'est le tout premier d'une longue liste de bouquins à mon nom.. Sur cette page, je souhaite remercier quelques personnes qui m'ont apporté beaucoup tout au long de mon travail.

Je voudrais remercier ma mère. Merci à toi Maman, de m'avoir rassuré pendant les heures où je n'avais pas d'inspiration et que cela m'inquiétait, merci de m'avoir soutenu tout au long de son écriture, merci d'avoir été à mes côtés quand je doutais de moi. Tu es ma mère et tu joues un rôle important dans ma vie. Sans toi, sûrement n'aurais-je pas eu la force d'en arriver là.

Je voudrais remercier le reste de ma famille proche, qui faisait le moins de bruit possible pendant que j'écrivais. Je ne vous ai pas mené la vie facile mais maintenant, vous pouvez faire autant de bruit que vous le souhaitez ! J'en profite pour laisser un mot à mon frère : mon complice, merci pour ta patience car parfois, j'étais sur les nerfs à l'idée de ne pas réussir à écrire un chapitre. Néanmoins tu équilibrais cela avec les moments de détente et les fous-rires que nous partageons.. Continue ta route sereinement, ta sœur sera toujours présente pour t'aider dans les galères qu'amène la vie.

Je voudrais remercier Romane, ma meilleure amie, avec qui je passe toujours de bons moments. Tu es la plus belle rencontre que j'ai faite de cette année, la personne qui me fait rire, qui me console, qui m'accompagne.. Pendant les heures où rien allait tu me changeais les idées et je t'en remercie, personne ne l'aurait fait mieux que toi. Tu me mérites que réussite et bonheur, tranquillité d'esprit et joie !

Et pour finir, je voudrais tout particulièrement vous remercier. Moi Mélodie, alias Mélanie au court de l'histoire, je me suis laissée emporter par des folies d'écriture le plus souvent incontrôlées. Chers lecteurs, je vous serais toujours reconnaissante d'avoir pris de votre temps pour lire le reflet de ma vie sur une centaine de feuilles accrochées. Savoir que dans ce monde il y a des personnes qui lisent d'eux-mêmes mes écrits, qu'elles les apprécient ou juste qu'elles posent leurs yeux dessous, tout cela me donne force et courage pour la suivante de mes aventures. Je vous demande à tous, de suivre mon chemin. Alors que je doutais de moi, j'ai continué d'écrire coûte que coûte, je ne me suis jamais arrêté. J'ai toujours eu cette lueur d'espoir qu'un jour un livre serait à mon nom. j'ai toujours cru en mes rêves. Alors c'est à votre tour, chers amis, de réaliser vos rêves car on a qu'un vie et quelques dizaines d'années pour la vivre ! Il est grand temps pour moi de vous laisser, ma plume et mes carnets m'attendent patiemment pour une séance d'écriture de mon second roman !

Avec amour,
Mélodie

.

CPSIA information can be obtained
at www.ICGtesting.com
Printed in the USA
LVHW081355131022
730576LV00036B/606

9 782322 457311